U0092591

窺豹集

夏菁談詩憶往

They would not find me changed from him they knew——
Only more sure of all I thought was true.

Robert Frost

目次

第一輯　短論

第二輯　評介

第三輯　談論現代詩

第四輯　訪談及對話

第一輯　短論

談詩中的哲理

在寫詩的朋友之中，有人提出過這樣的主張：大意是說詩中有了哲理，容易使詩不純粹，也有害於詩的本質，這種說法，仔細分析起來，並不十分中肯，似有加以討論的必要。

所謂「純粹的詩」，究竟是什麼？我們很難得到一個界說。以前法國有一種純詩運動，主張詩有意義是詩的不幸。這種態度，似乎太過偏激；在法國亦只是曇花一現而已！究竟文字不等於音符，不同於色彩；文字是具有意義的，經過文字這工具所表現出來的藝術，不可能僅有光影之朦朧，聲調之抑揚。反之，除了少數寫景、詠物詩以外，大多數的詩，自覺或不自覺地流露了詩人對世界、人生的一種看法，那就多多少少地牽涉到哲理的範疇了！阿諾德（Matthew Arnold）說：「詩乃人生之批評」。並非過語。一個偉大的詩人，其作品，不僅在譬喻之高妙，描繪之生動；真正能感人肺腑者，往往在於其思想及情操的偉大！當然，大詩人並非只會寫「思想型」一類的詩，但這是他不可或缺的一部份！

「採菊東籬下，悠然見南山」。決不是一幅純粹「清秋採菊」圖，而顯示出胸襟的恬淡，精神的淨化。終日競營走，何能見到南山？我認為陶淵明正道出了東方的哲理，而又以極自然的手法來表達，故能傳誦千古。杜甫「國破山河在，城春草木深」及「露從今夜白，月是故鄉明」二首，感懷離亂之情，憂國憂民之思，今日讀來，猶深親切！但誰還能念念不置於岑參的「雞鳴紫陌曙光寒，鶯囀皇州春色闌」，以及錢起的「長樂鐘聲花外盡，龍池柳色雨中深」那種純粹寫景的詩句呢？我們欣賞白居易〈草〉這首，決不是在於「遠方侵古道，晴翠接荒城」，而在於「野火燒不盡，春風吹又生」這兩句。詩人豈能僅止於描寫！

華茲華斯（William Wordsworth）每於詩中說理，仍無妨其偉大。印度詩聖泰戈爾的作品，實具有詩人及哲人的兩種光輝。雪萊西風歌中，最為後人稱道者，是最末一行！很多人談起勃萊克（William Blake），就會記起他「從一粒微塵看出了世界，一朵野花窺見了天國」。桑德堡（Carl Sandburg）用「踏著小貓的足」來描寫霧，固然高明；但尚不及〈草〉中的「我是小草，我覆蓋一切」；「我是小草，讓我工作。」來得更能發現桑氏的精神！在詩中常用哲理，主張「一首詩以引人入勝為始，以賦有智慧為終」的佛勞斯特（Robert Frost），是美國當今的詩人。他的詩，無疑地將成為世界文學中不可磨滅的一部份。足見哲理並無損於詩的成就。

假如有所謂純粹詩的話，那末它至多是一株開花的樹；而含有哲理的詩，卻結滿了纍纍的紅果！

可是，哲理之表現在詩中，並非形同擺攤，狀若說教。要做到古人所說：「理之在詩，如水中鹽，蜜中花，體匿性存，無痕有味」的工夫，要如「弦外之音」，要有「食橄之味」。用現代語來說，即是抽象的哲理成份必需融入具象的藝術表現之中。我想，哲理之進入人心，多少有些像情人的求愛；排闥直入，終覺乏味。如能於不期然中，越窗而進，那時你才會覺得它的可愛！

從內容方面來講，它是詩人在活生生世界中所體驗到的一種認識；所感悟到的一種看法，決非是現成哲學的翻版。艾略特（T. S. Eliot）說得好：「如果莎士比亞根據當時較好的哲學來寫詩，他可能寫的都是壞詩」。又說：「詩並非是哲學，神學，或宗教的代用品……」。堪稱當的。

在此，我不欲進一步討論或列舉詩中如何去適當或生動地表現哲學這一問題。但我們有一點可以相信，即：詩中不妨有哲理，哲理亦無害於詩；端在你所表現的是一個青澀的梅子，抑是一只可口的蘋果？

一九五七・九・三十《公論報》

詩與詩人

梁實秋先生曾經說過：「在從前，西洋有保護人制度，詩人的生活是有依靠的。現在，詩人沒有依靠，廣大的讀者亦不擁護詩人；詩人是一種沒落的職業，無名可圖，無利可貪。」的確，自從工業革命以來，科學家、工業家的聲譽，日漸駕凌文學家、藝術家之上。科學和文藝，至少已到平分秋色的地步。而即使在文藝的半壁江山之中，由於小說、影劇的發達，剩下來給予詩與詩人的地盤，當然是小得可憐的了！

在這冷戰熱戰交織、五光十色的二十世紀，人們的情緒，大多為新武器的競爭所吸引，為更好的物質享受及聲色之娛所迷惑。一顆人造衛星的新聞，其轟動世界的程度，遠較出版一部偉大的文學作品為甚。實在也有它的原因。奧登（W. H. Auden）的詩，在一般美國人的心目中，恐怕比不上一部新款的高貴轎車來得更具魔力。難怪在偌大的美國也只銷了四千多冊！這也是事實。好萊塢第二三流的角色，很多人能繪聲繪色，詳其身世。而即使在我們文藝界中，又有幾人能列舉當今歐美第一流詩人及其作品呢？今日詩人地位低落，詩的不受人重視，誠為一種無可否認的現象。

詩與哲學，在世界各國，似乎都存在最早，遠在科學及散文發達以前，已有過它的黃金時代，中國如此。西洋也如此。那時候的受重視，當然不在話下。等到科學逐漸昌明，小說和影劇與之爭一日之長，人們的注意力大大地被分散了！這似乎是不可避免的自然法則。社會好比一個人的胃口，有它的限度，菜餚愈多，每種菜的食量必相對減少。而且還有換漸鮮口味的習慣。我想，現在英國桂冠詩人在社會中的聲望，當有今不如古之嘆！而今後要像拜倫那樣的洛陽紙貴，恐怕也不太有了！

在這一切講究效率，生存在鬥爭劇烈的現社會中，一般人的時間都變得異常寶貴，他們在商場官場廝殺之餘，早已精疲力竭，即使垂青文藝，亦多視為消遣，視作享受。當它是緊張生活的一種調劑，心智活動的一種休假。他們渴望的是新鮮刺激，或是輕鬆幽默。他們要求的是一目了然，是短篇文摘。而詩比起散文來：究竟費力難懂，現代的詩，尤其崇尚深奧晦澀，只堪供作有心人的鑑賞，詩的漸趨沒落，非無因也。

我們在此，將詩與詩人在今日社會中的狀況，作客觀冷靜的分析，其目的，並不在於洩詩人之氣，拆新詩的台；相反地，我們在認清現實之餘，更容易堅守我們的崗位。看破紅塵而出家，成人而受洗禮，信心當更為堅定。我們曾經說過，每個人一生中，原有一段時期是詩人。那是指感情豐沛的青年時代；其時，世界到處充滿了光和熱。許多人從這個階段開始，對寫詩發生了興趣。憧憬作一個桂冠詩人。但一旦年事稍長，從幻想的雲霧中跌落冷酷的現實，發覺詩人並不受人尊重（受人嘲笑則有之），沒有學者的崇高，沒有做官的威風；而稿費尚不及傭人的賞錢。至此，奢望幻滅，大有今是昨非之感，其能不變節者幾希！吾國自五四以來，新詩人不在少數，而迄今猶為新詩奮鬥之年高詩人，幾絕無僅有。現在自由中國青年新詩人為數甚夥，除非洞燭現狀；具有殉詩的精神，則將來誰能始終不渝，頗難預料了。

只要人類不滅，詩是不會消滅的！我深信詩也是一種宗教。宗教沒有被原子時代的科學家所消滅，詩也沒有為散文所代替。宗教在追求天國，詩在追求永恆。宗教演繹上帝的言行，詩在述說一己的靈感。宗教在臻於至善，詩在於創造真及美。兩者在表面上均無實際的功用，但同具潛移默化之力！科學可能毀滅世界，唯詩及宗教將其拯救！但詩人及教徒，都須要有殉道的精神。

詩的英雄主義時代，已經過去了！詩人這行業，與其他三百五十九行，並無貴賤之別。作為一個今日的詩人，實無可驕之處。他也永不會被鄰居厭惡，也不再是莎士比亞筆下的瘋子。詩人除獻其生命於創作以外，並不比較一個小鎮的牧師，或撒種的農夫更為偉大。艾略特（T. S. Eliot）說：「作品實較作家本身更為偉大。」我們須三復斯言。

一九五七·十·十一《公論報》

再談〈詩與詩人〉

十月十一日，我在本刊發表了一篇〈詩與詩人〉，因篇幅有限，意猶未盡。有些朋友看了覺得它太冷酷，缺少一種鼓舞的因素。賣瓜者說瓜苦，看來似屬不智。但我在那篇短文中所敘述的都是事實，我們豈能否認事實？我認為：作為一個真正的詩人，將亦無所懼於此種冷酷的現實。只要他有堅定的信仰，殉道的精神，則簞食瓢飲，將不改其樂！

第一點，我要在本文裏作進一步討論的，乃是作為一個新時代的詩人，在內裏應不存驕傲之心，在外表應無駭世之舉。而在他的作品之中，更不應有拒人於千里之外或故弄玄虛的因素。

詩人一旦存驕傲之心，則將鮮有進步。他不再正視別人的優點；他只以自己的作品為滿足；也不再虛心研究作品的優劣，卻熱中一種虛無的地位。他渴望社會的喝彩甚於一切，因而作出鉤奇眩世的舉動。結果則招致了反感與誤解。而其作品中狂妄的，過份誇大的色彩，將掩蓋了它的藝術價值。

我深深地覺得，現在有很多詩作，故意在表達一己的狂妄，自誇，或怪僻的經驗。寫得最好的，充其量給人以一種不良的刺激——如同鴉片。等而下之的只像一個小丑的囈語罷了！另外有一種詩則在刻意求深奧，晦澀；唯恐別人說他沒有學問，說是要等數十百年後才有人懂，其實他自己懂不懂還有問題！我並不主張寫詩如告白。但我反對不忠實的表達！以上兩種情形，多多少少都是英雄主義在作祟，缺少了感人和親和的力量。

其次，我所欲強調的是「信心」。在此詩及詩人並不受社會的重視之際。詩人們更應有堅定的信心、殉詩的精神。我們是「美」的立法者，「永恆」的發言人。我們決不能半途而廢，自暴自棄。英國大詩人班江生（Ben Jonson）嘗云：「詩人必須既是天生又是人為的。」至為允當。詩人縱有天賦，如不能始終勿渝，則必鮮有偉大的成就。反之，恆心和努力，常可補救天賦的不足。一個人若認為寫詩乃沽名的捷徑，滿足發表慾的手段，他不會有很高的成就。同樣地，一個詩人若不耐寂寞，利慾薰心，不能忠實地寫作，則終將被淘汰，有人說葉慈（W. B. Yeats）的成功，除其天賦以外，端賴其精力的單純集中及孜孜不倦的工作耳！

我常感到，詩不單是用手寫，而是用詩人整個生命去寫成。他的思想，他的語調，一直可追溯到他的童年時代。所謂「靈感」，只不過是一剎那的火花，將存在於我們生命中的燃料引發。如果我們不去時常準備、補充這種燃料，則靈感變成了過眼雲煙。詩人實在應生活於詩中；一個經常守望宇宙的人，才能發現宇宙間的物換星移！詩人也只有在恆心與努力之下，才能寫出永恆的詩句。

詩人最大的安慰，就是美的創造，永恆的傳譯；在物質方面，他常是窮困的，但他的精神卻極為富裕，他在生前雖然無名可圖，無利可貪，但他能預見自己作品的不朽！

一九五七．十一．十五　《公論報》

《藍星詩頁》發刊詞

我國新詩雖然已經有四十餘年的歷史，但一般人對它的認識顯然不夠。有人說：「自新文藝運動開始以來，最失敗最沒有成績的要算新詩」，有人說：「中學生寫不好作文，就去寫新詩」。也有人說：「所謂新詩，就是分行的散文，加上些感嘆詞而已！」凡此種種都表示對新詩的忽視、誤解以及輕蔑。我們果然不屑與之爭辯，只要努力創作，拿出作品來證明。但一般人的如此誤解，新詩人不能說絲毫沒有責任。

新詩的所以遭人忽視，我們認為有兩大原因。第一、在一般人的腦中，舊詩尚有根深蒂固的印象。尤其在上了年紀的人中，具有成見的更多。事實上以短短數十年新詩的成就，來和數千年舊詩的精華比較，當然是不公平的。可是，誠如某些有識人士所說：「舊詩已無發展之餘地。今人寫舊詩難以勝過古人」。我們可以說，舊詩一定會衰亡，只是時間問題，也許十年，也許三十年。到那時，可能沒有幾人再會做舊詩了！正如在民國初年，一般孤臣遺老尚有帝王復辟思想，可是較年輕的一代，這種思想壓根兒就不會再有了！故舊詩對新詩的壓力只是暫時的，我們不足為懼。

第二、新詩的介紹工作做得不夠。有些人腦中的新詩，還停留在五四時代的作品。他們沒有耐心讀一讀現在的新詩，即大發議論說新詩沒有成就，沒有進步。這些發議論的人，若是較有名望的作家，其給予社會的惡劣影響更大。反之，新詩人能發表作品的地方及篇幅本已少得可憐，大家又只顧創作，很少顧到評介。詩的欣賞力，本來須要慢慢地培養，而現在的詩作，又大都深奧晦澀，假如沒有純正客觀地介紹或批評，指出好的，批判壞的，那麼別人的誤解是難以避免的。

梁實秋先生藍星詩社成立四週年慶祝會上說：「這幾年來的新詩，其成績確已超過三四十年前的作品，此非過譽或恭維之辭。有人說新文化運動以來，新詩的成就最差，這是不公平的」。又說：「新詩人的努力，使我更覺得新詩有輝煌的前途」。我們聽了這話，非但不敢沾沾自喜，反而覺得我們的責任是如此重大。我們要好好地拿作品來給大家看。同時，也要負起培養一般人、尤其年輕朋友對新詩的興趣和欣賞的使命。可以說，這就是我們創辦本刊的目的。

本刊純係本社同仁出資興辦，現在先每月出版一次，以後如情形許可，當改為半月刊，或擴展篇幅。每期的內容，除創作以外。尚有詩論、譯詩、詩訊，以及詩的欣賞和批評等。務求各方面內容充實，寧缺毋濫。我們將一本《藍星周刊》及《藍星詩選》的作風，實事求是，不標榜、不玄虛。我們也深盼各方面能切切實實的給我們鼓勵及批評。並因本刊的出版，引起大家讀詩和寫詩的興趣。

現在正是千載難逢的機會：舊的有待揚棄，新的有待發展。我們的天地極為廣闊。但新詩的成敗，就握在我們這一代手裡。在此「詩不受人重視，詩人無名可圖，無利可貪」的現社會，我們更要有宗教的熱誠，不移的信心，才能始終勿渝。我們也確信，只要人性不泯，新詩總會有燦爛的一天，讓我們攜手奔向黎明的地平線！

一九五八・十二・十《藍星詩頁》創刊號

當前新詩的危機

詩人或藝術家「組派」的唯一害處，我想就是在束縛或限制了自由創作力這一點上。所謂「限制」及「束縛」，並不是有形的。凡在這個「派」裡的人物，有意無意之間，應用了類似的技巧，抓住了同樣的憑藉；因此，很少去探索他們信條與理論以外的世界，造成了創作上的墮性。此種情形，對於初學者為害更烈，使他們一開始便師承了某某派的條文，放棄了自己的思維，「讓別人拴著鼻子走」！但如「組派」僅僅為精神上的一種結合，而無具體的信條，則為害的情形，可以大大減少。

事實上，文學創作不可能有一種共同的規律。每個詩人或作家，創作時應根據他自己的原則。英國詩人麥克尼斯（Louis MacNeice）說得好：「在創作的過程中，我們應時常顧及自己的方式，那唯一的方式。」

自由中國這幾年來在新詩方面的成就，的確不小。派別多本不足以病，百花可能競妍。只要相互容忍，冷靜探討，即有助於新詩的豐富及發展。但近來年，一部份作品的風格卻有趨於一致的傾向。只要稍為留意新詩的讀者，不難發現有一種「新的流行曲」在各家各派的刊物上同時播出。當然，其中確有很好的，但翻版和效顰的，確也不少。作品風格的類似，是一種不容忽視的危機。很多人浪拋精力在這種時尚的花樣上。果然，「沒有一個詩人會是完全的剽竊者」，但這樣無疑地將扼殺了新詩的活潑和生機，一窩蜂學時髦，較上述的為害尤為劇烈！

當前新詩的第二種危機，即是重技巧而輕內容。許多詩的感情和內涵都顯得非常貧乏。詩變成是一種姿態，一種文字的魔術，一種刻意的晦澀；糜靡、纖巧，缺乏感人、親和、蓬勃的力量。證之歷來詩壇的論戰，都是些「格律」、「自由」的形式問題；「象徵」、「現代」、「浪漫」的表現手法；以及「主知」、「抒情」的空洞理論。似乎已將詩與塵世隔離，摔出九重天外，不復是「人生的批評」了！

一個人誠難拒絕時尚的引誘；當所有人歡呼的時候，很少有人能保持冷靜，不受群眾心理的影響。關於這一點，作為一個讀者和作者橋樑的編輯，應不無警惕。一個真正有遠見的批評家，也應及時地提出忠告。詩人們尤須反躬自省：我現在所走的道路，是否我自己獨有的道路？

僅憑技巧不足以言詩。當然，技巧並非不重要。但讀者寧取一塊真正的水晶，不要一粒假造的鑽石。米開朗基羅嘗云：繪畫者不以手畫，而以心畫。史班德（Stephen Spender）曾引中梵樂希的話：上帝先給詩人一句句子，其餘由詩人自己去發現。詩人豈能捨本求末？

本文之目的，不在月旦人物，臧否派別。乃係作一般性的忠告。我國新詩尚在摸索時期，詩人絕不能以現狀為滿足。作為一個真正的新詩人，應放開胸襟，自由地創作。充實生活，充實內容。走自己的道路，說要說的話。應該尊重別人的長處，但不必亦步亦趨；可以指出別人的短缺，也毋須黨同伐異。豐富由於不同，一律則不免失之單調。未知新詩人以為然否？

一九五九・一・十《藍星詩頁》第二期

論詩的晦澀

晦澀據說是現代詩的特色。美國詩人及批評家賈拉爾（Randall Jarrell）在哈佛大學「詩的維護會議」的一篇講詞〈詩人的晦澀〉（The Obscurity of the Poet）中，述說甚詳。他認為二十世紀過去五十年代的詩大多是難懂的；正如十八世紀的詩充滿對比，玄學派的詩充滿自負、奇想，以及與維多利亞時代的傷感，浪漫主義的放縱一樣，都是一種特色。又稱後人聽說我們這一代的詩是晦澀的，只是一笑了之，不以為然，仍然去讀他的艾略特（T.S.Eliot）的詩集。但我們縱觀全文，除了看到「將來自會懂得」的樂觀態度以外，卻找不到一點二十世紀的詩為什麼要「晦澀」的理由。賈氏似缺少進一步的闡明。

艾略特論及〈難懂的詩〉時，曾說：「對於某些時期的社會而言，較鬆弛的創作形式是適切的；對於別的時期的社會，則以較緊湊者為宜」。這可以解釋為：工業社會的現代較農業社會的過去，需要較緊湊的創作形式。但艾氏對於「刪除了一些讀者慣於尋思的東西，以造成緊湊之感」的情形，並不認為理想；對於「只能以艱奧的方式來表達自己」的詩人，並不感到全然地欣慰。他只是說：「我們應盡自己的能力來寫詩，發現什麼就寫什麼」！

我認為詩的晦澀，可以分為兩種。一種是不得已的晦澀，一種是故意的晦澀。前者是可以原諒和同情的。尚不失其為「真」。後者是誇耀而做作的，卻落入了「偽」。有修養的讀者，固不難判別一首詩的真偽；但真正的滋味和企圖如何，只有「得失寸心知」的作者自己明白。詩人史班德（Stephen Spender）嘗謂：「詩人不能自欺欺人，他和聖徒一般，全部工作將受到永恆最後的審判」。值得我們警惕！目前有不少詩人，都在往刻意晦澀的這條路上走。他們認為：能解即膚淺，晦澀則高深。這實在是一種錯誤的看法。愛因斯坦的理論，因其真，終究能為人理解、應用；只有那些道士的符籙和咒語，永遠無法使別人懂得。

或謂目前是一個龐雜繁複的時代，人類的感情錯綜精微，故詩人必須以晦澀出之。又謂現代的詩是表達觀念，不是述說情感，故恆須晦澀。這也是值得懷疑的論調。其實每一個時代的人都認為他所處的時代是複雜不過的。正如在基督徒看來，每一天都可能是末日。詩人可以在萬千複雜新奇的事物中，尋出它的端倪；在詭光譎色之中，看出它的本色。不論情感和觀念都可等到消化以後再來表達，不必急急於表演，結果落得指天說地，語無倫次，還自以為莫測高深！

由於高度的工業社會，使人類愈來愈忙，時間也愈來愈不夠分配。不但長詩將受到影響，一如艾略特所憂慮。即使在表達方法上，也應本質多於技巧的玩弄，內容多於文字的裝飾（指密度而言）。如我們的假設不錯，則二十世紀後半世紀的詩，或將以明確清晰為特色。用字經濟，結構嚴密，表達明晰，一反晦澀之風，未可知也！

當然，目前有很多並不晦澀的好詩，一般讀者亦無法接受。這是因為他們未養成讀詩的習慣所致。我很同意賈拉爾在這方面的看法：「假如我們養成讀現代詩人作品的習慣，則晦澀無奈於我；但一旦失卻習慣，則清晰亦與我無補」。這裡的所謂晦澀，當不作符籙解。總之，不得已的「晦澀」，我們可以消極地容忍，故意的「晦澀」我們不必積極地提倡。

一九五九・二・十《藍星詩頁》第三期

詩壇一年
——一九五九年詩人節感言

這一年的詩壇是頗為寂寞的。

每屆詩人節我們總要回顧一番這一年來的成績，或瞻望將來。

這一年中，許多詩人出國去了。余光中、方思及林泠等。除余光中創作愈益豐盛外，其他二位，則不大能見到他們的詩作。無論如何，創作有時需要刺激。大家見面談談，一句話可以引起寫一首詩的動機。他們的出國，對於各人周遭的詩友而言，會產生一種寂寞之感。

許多詩人，在這一年中完全沉默，或作品寥若晨星。如鍾鼎文、鄭愁予、彭邦楨、鍾雷、墨人、鄧禹平、梁雲坡、李莎、紀弦、辛魚、楚卿等等。有些已沉默得太久了！即使以往創作較多的如吳望堯、黃用、覃子豪、瘂弦等等，最近七八個月來作品也不茂盛。當然，人人都有本難念的經，我們希望這是暫時的現象。雨後的陽光將更加顯得瑰麗！

這一年中，創作始終不衰，或有更上一層樓之勢的，除余光中外，尚有洛夫、敻虹、羅門、阮囊、上官予、張健、周夢蝶、向明、葉珊、東陽等等幾位。在另一方面，李國彬、曹介直、王憲陽等正出現在東方的地平線上，給人以無限的興奮。

特刊方面，這一年的情況也祇是差強人意。《藍星周刊》自去年九月起停刊，直到十二月初《藍星詩頁》才創刊，由夏菁主編，迄今已出到第七期。《創世紀詩刊》在間斷了一年以後，始於本年四月間出版了第十一期，由張默主編。篇幅擴充，改為大型詩刊，內容也很好。《現代詩》經過了長期的停頓以後，始於去年底及今年初出了兩期，已改由黃荷生主編。《海洋詩刊》由台大學生余玉書主編，在繼續出刊中。其他尚有《詩園地》詩刊一種。

雜誌或報紙的新詩園地，值得一提的有數種。《文學雜誌》仍每期登載新詩三數首，有時尚刊載詩論及譯詩。《文星雜誌》的〈地平線詩選〉現已出到二〇期，以創作為主。至於《自由青年》的〈新詩園地〉，半月一次，每期由詩人們輪流選稿及撰文，頗為別緻。報紙方面，《中副》已久不刊登新詩，《聯副》則偶有刊載，一般詩友均盼其能夠增加。花蓮《東臺日報》的〈海鷗詩刊〉仍繼續出版中。臺東的《臺東新報》，近增闢新詩園地，每逢星期日出版〈詩播種〉詩刊一種。

詩集的出版也不多。藍星詩社出版有周夢蝶的《孤獨國》，白萩的《蛾之死》。創世紀詩社出版碧果《秋、看這個人》。現代詩出版吳慕適《水手之歌》。文壇社出版李升如《旭日》等，其他因資料不全，恐有遺漏，但為數很少。

關於詩的「輸出」方面，今年的成績卻不壞。香港、吉隆坡、南洋等地，很需要自由中國詩人的稿子。覃子豪及夏菁等分別負責按期選稿供應，這是很好的現象。

這一年來譯詩，詩論也乏善可陳。糜文開仍繼續譯泰戈爾的作品，出版了《橫渡集》及《愛貽集》二本。詩的論戰，似乎已成過去。刊物的火藥味也不像以前那麼濃烈，大家都變得很清醒和嚴肅。

這一年是沉默的一年，也是冷靜思考的一年。許多詩人似乎處在反省及內心衝突的狀態之中，意味著將有所蛻變。當然詩壇上的物換星移是免不了的現象。新的風格及新的詩人將會不斷的產生。我們認為：繼續創作，相互鼓勵，足夠的園地，純正的批判，才能促進新詩的蓬勃。但從最近種種跡象看來，下一個年度的新詩將重新邁向繁榮的道路，讓我們努力以赴吧！

一九五九．六．十《藍星詩頁》第七期

說瓜苦

——籲請新詩人反省及檢討

近來大家都有一種感覺：「新詩愈來愈看不懂，讀者也一天比一天少了」！詩人們並非不知道這一點，大多數只是自我陶醉，諱病忌醫罷了！有一位素來喜歡新詩的讀者曾致函某刊編輯說：「我覺得很悲哀，我對當前新詩不能理解……對我來說，這是一個無詩的時代（今之青年已不再學習舊詩了。而新詩如同道家的符籙）……我很懷疑：新詩人是不是真的懂得別個詩人的詩作？或是懂得自己的詩作？」上月二十一日〈徵信新聞副刊〉上有一篇論現代詩的短文，大意說據悉現代詩是用自動語言及寫潛意識的。詩人創作時已是漆黑一團，難怪讀者摸不著頭腦。又說：這些詩作都像印刷廠學徒打翻了字盤，臨時拼湊起來的等等。以上只是許多攻擊新詩文章中的二個例子，社會上對當前新詩的反應大率如此。試想，受過良好教育的人，無法看得懂新詩，則新詩人尚能沾沾自喜，一無警惕否？

刻意求晦澀的風氣，由來已久。其原因由於寫一首明白好詩難，寫一首晦澀的壞詩易；反正無人能解，魚目遂可混珠。從前有人攻擊格律詩，認為新詩既自束縛中解放出來，為何要再帶上新的鐐枷？現在，也許有人要問：新文學運動，所以要從廟堂文學中走出來，就是為了普及，新詩人為何要自築宮牆、重新鑽入了象牙之塔？

文字這工具，究竟不同於音符及色彩，我們固可以自姊妹藝術中攝取技巧，但豈可捨本求末？「圖畫詩」、或全無意義的「音樂詩」，已越出了詩的範圍。詩，實有其自己的領域，須要訴諸於感情（所謂冷靜和理智、只是程度的不同而已！）從另一方面來說，任何文學作品都是講究「傳達」的，以共同的文字作媒介，將作者的經驗、感情、意念等傳達出來。潛意識的漆黑一團，自動語言的癡人說夢，這種作品，終難列入文學之林；終將為讀者所唾棄！

詩的能解，並不表示內容的貧乏。反之，刻意晦澀或故弄玄虛，並非是高明的表示。一首詩，如有足夠的暗示和關聯，適切的安排和比喻，則作者和讀者間的橋樑可以溝通。否則，則這個詩人的基本藝術手腕，頗有問題。我們不相信，面對二十世紀，詩人就不能用較明白的手法來抒寫。

賣瓜者說瓜苦，雖屬不智，但我們豈能虛偽成風，自欺欺人？新詩人須有面對現實的勇氣，須有反躬自省的雅量。當然，臺灣十年來的新詩確有進步，但近年以來，風氣所至，刻意晦澀、效顰作偽者，也不在少數。我們並非提倡墨守，也不能不擇手段的求新。我們應該用懷疑的眼光及批判的手段來正視新的發展。每一時代的文學，都有些像樹木的生長，樹幹長得慢，而枝椏橫生則甚速。故在經過相當時期後，社會將之打枝整形，或自然淘汰，否則會影響樹木的本身。創作的時代是狂熱的，批評的時代則需冷靜。批判壞的，闡揚好的，重新建立讀者對新詩的好感和信心，重新確立評論新詩的標準，此其時矣！

一九五九·七·十《藍星詩頁》第八期

隱憂

最近有人作了一次小小的測驗，在暑期青年戰鬥訓練文藝隊「文學組」講課時，出了五個有關新詩的題目如下：

（一）請舉出自由中國三個詩社（新詩）及其詩刊名稱。

（二）下列詩集及詩的作者是誰？詩集：A．夢土上。B．靈河。C．孤獨國。D．地平線。E．向日葵。詩：A．印度。B．詩的噴泉。C．人體素描。D．飲一八四二年葡萄酒。E．榕樹，我的大寂寞。

（三）請列舉經常刊載新詩的三種自由中國雜誌及期刊（詩刊除外）。

（四）自由中國的一對新詩夫婦是那兩位？

（五）藍星詩社最近出版了那一本詩集？作者是誰？

這五個題目是經過設計的。第一個題目測驗他們對新詩詩壇一般狀況是否注意？第二個考查他們讀詩的情形。第三個題目，查看他們是否經常接觸文學方面的期刊及其中的詩？第四個在於考考他們對詩人的興趣及注意力如何？最後一個、則考查他們經常對新出版詩集的反應是否敏感？上述五題，只要平時喜歡新詩，稍稍注意詩壇動態的，當可得到滿分，毫無困難。

事實卻令人失望。在三十五位中僅僅有三分之一強（十四位）繳卷。在這繳卷的十四位同學中，只有一位答對了三個半題目：答對三題二題的各一位。其餘不是僅答對一題，即為全錯。在全班中答對的百分率如下：

（一）答對第一題（詩壇一般狀況）百分率：一六％

（二）答對第二題（讀詩情形）百分率：七％

（三）答對第三題（看文學刊物）百分率：二一％

（四）答對第四題（對詩人注意）一四％

（五）答對第五題（對新出詩集的反應）一％

從上項結果可以看出：①讀一般文學期刊的要比讀詩的百分率為高。單知道期刊中刊詩，並非是讀詩的肯定答覆。②對詩壇、詩人，似較「詩」為有興趣③對於新出的詩集，反應很不靈敏。

雖然，受測驗的人數不多，範圍不廣，不足以代表一般情形。但頗有參考的價值。因為，這些都是全省各中等以上學校（有大專在內）甄選出來，特別喜歡「文學」的同學（該隊分美術，戲劇，文學三組）。應該比一般團體喜歡新詩的百分率要高才對。換言之，一般的比率還要低。

另外有一件事實，說明新詩的讀者愈來愈少。即數年前一本新詩集，在一、二年之內，可以銷八百至一千餘本。而目前大部份詩集，花二、三年也只能銷數百本而已！造成這種詩的低潮的原因當然很多，分析起來，下列諸點是不無影響的：

（一）現在的詩愈來愈無法欣賞，使讀者失卻興趣及信心。

（二）新詩的廣大讀者——青年學生——整天為功課壓得喘不過氣來。準備考高中，考大學、沒有時間來讀新詩。師範學生喜歡新詩者較多，可證此說之不謬。

（三）中小學教課本中新詩絕無僅有，即使有也是五四早期的作品。且甚多教員對新詩無興趣、不了解、或表示輕蔑。

（四）社會及家庭的功利觀念，以及對新詩的鄙視。

（五）大部份出版商缺乏胸襟、眼光及對新詩的不重視。

一個人在少年時期，約十三、四歲時，就會對詩發生興趣，假如給予一點啟蒙及教導的話。到了青春時代，每一個人都可能成為一個詩人。從以上的測驗及分析看來，青年對於詩的缺少興趣與關心，是一個令人憂慮的現象。我們固不希望每一個青年將來都成為詩人，文學家。但應該培養他們的想像力。美國詩人麥克里希（Archibald MacLeish）在本年三月大西洋月刊一篇文章內說過這樣的話：「我們這個社會的真正危機在於缺乏想像力」；又說「自由的真正保衛者，想像力也」。我們應否有所警惕？

一九五九．九．十《藍星詩頁》第十期

反傳統及中國化

寫新詩的朋友中，有不少很像英美「憤怒的青年」一般，在力求「反傳統」。他們的精神是可以嘉許的，一切改革及進步，均要靠這種精神。但其手段，大有商榷的餘地。因為，我們要反傳統，必先要研究及整理傳統。我們所反對的，是傳統中的劣點，不是它的長處。換言之，我們要用揚棄、批判的方法去反對或接受傳統，不是不問黑白是非的一律加以反對。艾略特（T.S.Eliot）曾說：「人們若棄文學傳統於不顧，則淪為野蠻」。我們固不能盲目地墨守，也不能盲目地反對。

有人主張新詩應該是「橫的移植」，這是不健全的。我們可以攝取西洋詩的技巧，但不能出賣我們的靈魂！這一點，我想每個人都會同意。不妨用穿衣服來作例子。現在大家都穿西式，因其利便，但我們的身體、精神、血液、以及遺傳質還是中國的。反之，女人的旗袍，因為有許多優點，所以在歐美也風行了起來。「橫的攝取」最多止於技巧及外形；傳統也並不都是壞的。

梁實秋先生在本社四周年慶祝會上曾說過：「目前有許多新詩，太像外國詩，假如翻譯過去，即無甚區別」。最近自美返國講學的顧獻樑先生也一再提到了這點。我想這都是指內容和精神而言的。假如我們的「反傳統」者，只做到了反中國的傳統，而沒有做到反西洋的傳統。那麼仍舊沒有翻出如來佛的手掌。這樣的詩，一旦翻譯了過去，中國的芬芳蕩然無存，而西洋的霉味瀰漫充斥，能勿令人側目掩鼻？

本世紀初葉，西洋人漸漸放棄了他們的優越感；開始尊重每個民族的固有文化及其生活方式，而我們中國人，反從自大、自尊一變到自卑和自信心完全喪失的地步。近年以來，歐美無論對我國固有哲學、繪畫、塑雕、書法等等均發生了極大興趣及予以極高的評價；可笑的，我們自己卻恨不得變為黃毛碧眼而後快。這種可悲的現象，在新詩方面，也是有目共鑒。

我覺得中西民族有許多基本上的不同點。中國人喜靜，西洋人喜動。「相看兩不厭，唯有敬亭山。」這是中國的；流汗、流血、攀登山頂而後快，是西洋的。中國人是觀照的，直覺的；西洋人是分析的，演繹的。中國人生活哲學化、藝術化；西洋人則生活科學化。中國人的情感多是深藏的，西洋人則唯恐表達不盡。我們不是在街頭接吻、擁抱或跳舞的民族。他們也很少暮氣沉沉的現象。我不能說何者優，何者劣，但這種大致上的區別，在今天還是判若涇渭的。由於民族性或基本精神上的不同，所表達在文學作品裡的本質，當亦迥異。「現代化」並未使我們脫胎換骨。

本文只願提出基本上的觀點，至於如何整理我國詩的傳統以及如何使目前的新詩中國化，這是大家須要努力的事，也非一朝一夕之功。我們相信，唯其是中國的，才能是世界的，其他藝術如此，新詩也不例外。

一九五九・十・十《藍星詩頁》第十一期

三年有成

《藍星詩頁》創刊迄今，已屆三年。三年來人事滄桑，又歷論戰，而《詩頁》在慘淡經營下，始終衛護詩壇，傳播火種，使有識之士對新詩刮目相視，頷首示肯，功勞可謂不小。如果翻一翻這三十七期的作品，理論和詩訊，我們可以清楚地看到，這是一部三年來的新詩發展史！

一個刊物要辦得好，實在永無止境。新的思想，新的血液要不斷的灌溉這塊園地，才不會陷於枯萎。本刊編輯的三度替換，即是基於這種理想，新詩人的不斷發掘，也是基於此想。當然，《詩頁》值得我們檢討的地方還是很多，這刊物只要繼續存在下去，我們不怕沒有機會辦得更理想，更有成績！

近年來整個詩壇患了一種「現代」的色盲症，所有風格有趨於千篇一律的危險。早期《詩頁》上我們的憂慮，迄今尚未解決。這種情形，在《詩頁》的作品上，當然也無可避免的反映出來。我現在要提出「放寬創作自由度」的要求，請作者不必自囿於時尚的藩籬；在編者方面，我相信，只要作品是好的，一定會欣然地刊載出來。

最近詩頁上有一個非常可喜的現象，即每篇詩論都是實實在在地針對時弊，痛加貶責。這種說老實話的風氣應該培養，這樣，才會樹立真實的批評；這樣，新詩才會有更上一層樓的成就。新詩壇的長期沉寂，現在是到了非變不可的地步，從狹窄的自以為是的「現代」走出來，此其時矣！如此，我們有理由期待另一個黎明的誕生！

《藍星詩頁》三年有成，第四年盼有更輝煌的成就。

一九六一・十二・十《藍星詩頁》第三十七期

灌溉這株仙人掌

《藍星詩頁》創刊於四十七（一九五八年）年十二月，到現在已整整四年。它對於詩壇的影響是無法估計的。四年來不但發表了甚多優秀的作品，成為一時之選；也刊出了不少嚴肅的和「說老實話」的評論，一掃詩壇以往的那種矯虛的作風；其中「詩．詩人．詩友」一欄，無疑地將可作為日後編寫文學史或新詩史的寶貴資料。即使這種袖珍《詩頁》的編排方法，自創刊以來，亦使詩壇蔚為一時風氣。

自由中國也有不少規模較大的詩刊，但在每期所費不貲，作品水準及篇幅難以兼顧的情形下，不要說每月出版一次，即每季一次亦難以按期出版，難以貫徹始終，給讀者產生了一種五日京兆的感覺。《藍星詩頁》能繼續不斷地出版了四十九個月，的確已發揮了小型詩刊的特性。

很多人認為像美國這種國家，詩刊一定都印得很堂皇，其實不然。據筆者所見，綜合性大雜誌也有將詩作為補白的現象。純詩刊印得簡陋的很多，發行也侷限於一隅。但這種小型詩刊，卻受人特別重視，因為它是新詩的溫床，詩革命的發源地！

基於這種認識，筆者在留美一年中，直到現在，儘量將作品集中在《藍星詩頁》及《藍星季刊》上發表。詩友中這一年來出錢出力維護本刊的也大有人在。筆者回國以後，得知《詩頁》訂戶增加不少；每到月之十日，去夢蝶兄的書攤購買的也較前踴躍，足證《詩頁》已引起廣泛的重視。這是關心《詩頁》的朋友所樂於知道的。

然而不可否認的，我們能為《詩頁》盡力的地方還是很多，這株詩壇上的仙人掌，還需要好好地灌溉，才能生長得更青蔥，更茂盛。無論是讀者、作者、或編者，不妨分別反躬自問：

①我有沒有推薦《詩頁》給朋友們閱讀、購買及訂閱？

②我是不是常常將好的作品給《詩頁》發表？

③《詩頁》是否已編得符合我的理想——「創作」、「譯介」及「理論」是否兼顧，並已面面俱佳？

希望大家合力來灌溉這株仙人掌！

一九六二・十二・九《藍星詩頁》第四十八—九期

佛勞斯特的啟示

上月十五日我為《文星》寫了一篇佛勞斯特（Robert Frost）的介紹，不到半月，這位美國詩壇的祭酒忽然撒手西歸。一顆巨星，殞落西方的地平線，使舉世關心他的人，感到一陣空虛和惆悵。自由中國悼念此老的文章，已經不少；詩友之中，亦不乏以詩憑弔者。現詩頁主編要我為文誌哀，我認為徒然哀悼，不若心儀高山。此時此地，佛勞斯特對我們的啟示，至少有下列數點：

第一、他的自信、堅定、和獨來獨往的精神，給我們當前這種一窩蜂現象，以最佳的示範。佛勞斯特是近代詩人中最難予以「歸類」的一位。他曾被稱為浪漫派、古典派、寫實派、自然主義、人文主義、失敗主義、保守派、急進派、以及現代詩人等等。他其實什麼都不是，他是前無古人的佛勞斯特。當二、三十年代，別的詩人都在賞玩詩的各種新奇的花樣時，他仍舊唱他自己的歌。寫出了像〈雪夜林畔〉、〈不遠也不深〉、〈小鳥〉、〈請進〉等膾炙人口之作。他走著自己踩出來的路，他開闢了自己的境界，終於，攀上了嵦嵦的峰巔。

第二、他的現代精神，是值得我們深思的。佛勞斯特是從自我不斷地體認及實驗中獲致了現代精神的真諦。並非是人云亦云或是從市上沽來的。他是開拓者，不是追隨者。試想，在他少年時代，白朗寧、丁尼生仍然活著，現代文學的健將多未誕生。日後他始終作為時代的代言人，甚至比當前年輕的詩人更屬於這個時代。的確是一件堅苦卓絕的事。尤其可貴的，他從第一本詩集到最後一本，始終保持了它一貫獨有的風格，而又不悖於時代精神。譬如水之於江河，入海之水猶源頭之水，雖然遍歷時空，仍能奔騰澎湃，層出不窮！

第三、是他耐心創作，持之以恆的態度。佛勞斯特早年默默寫詩，雖然很少有發表的機會，仍然力追繆司。直到四十歲出版了兩本詩集以後，才告成名。其後，每隔五至七年出新詩集一本，直至去年以八十八歲高齡尚出版了新詩一冊。「春蠶到死絲方盡」，佛勞斯特至死，靈感之絲猶未吐盡。這種創作上的持久力，是我們五四以來所沒有的。

最後，不得不附帶提及我們詩壇上的一股幼稚及膚淺之風。在自由詩及現代詩像流行性感冒一樣猖獗的時候，不少詩人一看到格律詩，就不屑一顧；一提到佛勞斯特，即認為是傳統。他們犯了幼稚的色盲症。反之！聞艾略特或波特萊爾則喜，較中學生之仰慕大明星還要盲目。實則，有沒有讀過他們的詩，頗有疑問，這種詩壇上買空賣空的現象，有待我們進一步地廓清！尚有部份詩人，詩沒有寫了幾首，已儼然大詩人姿態出現，目空一切；或日夜追求名利，無孔不入。佛勞斯特寫了一輩子的詩，前幾年還說過不敢自稱為詩人，難道自由中國真有這麼多的天才詩人？

我們紀念他的逝世，應該同時接納他的啟示。

一九六三・二・十《藍星詩頁》第五十一期

從牛角尖裡走出來！

——論現代詩的方向

現代詩運動，已經有六、七年。其中固不乏令人興奮的作品，但大致說來，迄尚未能使人感到愜意。因為甚多所謂「現代詩」，愈走愈窄，走上了窮途，走入了牛角尖。新的詩人近年來並沒有增加多少，讀者的增加也頗有限，這種長期萎凋、無法蓬勃的現象，值得我們痛切檢討。我認為作為一個現代詩人，應有本領將生活在現代的諸多感受入詩，從而引起這時代廣大讀者的共鳴。他們應該有勇氣面對科學及物質文明的挑戰，並且用詩來予以征服或融化。他們應該預見未來的種種，作二十世紀的代言人。

目前大多數的現代詩，向外界關閉了兩重門。第一重是傳達的門，第二重是共鳴的門。在寫作技巧上不能獲致傳達的效果，使讀者不得其門而入，這實在是可悲的現象。現代詩的晦澀（Obscurity）應是指想像上而言，並不是指語言或文法上的，前者作到恰當好處，尚可以耐人尋味；後者只能說是含糊不清（Ambiguity），或根本不通。文字超過了其彈性的幅度，使變成符咒，那已經不是詩，是自欺欺人的玩藝。

第二重門是關於內容方面的。詩人將自己關在一個小圈子裡，將作品囿於個人潛意識的天地，不肯走出來晒晒太陽，那是蒼白而不健康的。詩人變成了一種新的貴族，帶上了唬人的假面具。他們的作品缺乏同情心，拒人於千里之外，因此，難以引起大眾的共鳴。他們還是沾沾自喜、孤芳自賞，無視於現代的一切，也不欲對現代人的精神或生活有所捕捉或關注。在這文化沙漠之中，他們祇是一群駝鳥，而不是根植於沙土中的仙人掌。

幾年前有人提出，現代時應該要「反傳統」，應該是「橫的移植」；那是對「傳統」及「現代」的雙重誤解。中國的現代詩，應該不等於法國的現代詩；當然，中國的現代詩，應該不等於中國的舊詩。而且所謂現代詩，不是指裡面用幾個現代的名詞；猶之，具有中國傳統精神的詩，也不是指詩裡面加上幾個典故。我們所著重的是內涵，不是皮相；在德，而不在鼎。

「現代」這兩個字的被濫用，與「原子」不相上下。滿街的原子筆、原子襪、原子燙髮，究竟與原子有什麼關係？現代詩，現代詩，多少人也借汝之名，巧立一知半解、誤人誤己的理論，使許多詩走入了絕望之谷。我要在此呼籲，現代詩應該迅速從牛角尖裡走出來，不要與外界隔絕或自陷孤立。擴大現代詩的影響，嘗試多方面的創作路線，促進社會上普遍的共鳴，此其時矣！

一九六四．五《海洋詩刊》五卷二期

詩與啄木鳥

詩是最精練的語言。寫詩的人往往是一句十年得，得來非易。一個愛爾蘭的朋友告訴我：小時候在他的家鄉，看到一位美髯公，天天晨昏出來散步，翹首望天，若有所思。在反方向，則另有一位老叟，俯首慢行，念念有詞。兩人常常交臂而過，遇而不見。等他長大了，才知道，這兩位都是在專心做詩，原來一位是葉慈（W. B. Yeats），一位是浩司曼（A. E. Housman），苦吟若賈島，並不限於中國。

然而，這種一字一嘔血的苦吟成果，往往在排印時被誤植、勾銷，或完全抹殺。我想，英文排錯了拼法，讀者尚不難想像其原意。中文則甚多一字一義，有時錯得離譜，教人摸不著頭腦，以為是新潮或前衛。最糟的是錯得太近，讀者以為這是作者的原意，點金成鐵，化玉為泥，莫此為甚！作者苦不能立即更正，至少要等下一期出版——碰上像《藍星詩刊》那樣，一等就是一年半載，能不氣急！

編輯或校對的責任，實在太大。尤其是詩刊，更是錯不起。現在國內選集流行，常常拿別人東西，炒炒冷飯，事前也不徵求同意，或送去校對，印出來錯字連篇，缺漏滿紙；祇求某某主編，赫然印在封面上，內容不關痛癢；受害者常常是作家本身。我想，編者如何取材，如何編排，要看修養及眼力，可以各有巧妙不同；但至少他要把一件起碼工作做好——那就是仔細核對原作。

詩刊的編輯或校對，要像一隻啄木鳥，把每一枝、每一葉上的蟲蟻仔細捉將出來，才算盡了責任。如果任其漫生，不但損壞了原作者，更是顯出編者的不夠認真，程度太差，或不適此任！我往往讚賞報紙及週刊的編者，尤其像美國的報紙，每天近百頁，或若《時報雜誌》及《新聞週刊》那樣，每週五、六十頁，能夠印得幾乎沒有錯字，真是太不容易！試想，如果將數千元的廣告登錯了，後果將不堪設想。

我記得在《詩頁》初創的一年，無論如何忙碌，我儘量做到三校或四校。有時在出差前，還要趕去榮泰印刷廠作最後的校對，以便準時出版；好幾次，火車幾乎要脫班，都是為了這一點信念。

歷年來《詩頁》保存了這種不太有錯的傳統，這是可喜的現象，希望將來愈編愈好，做到全無錯漏的境地。當然，坐在樹下說風涼話不難，要在枝葉繁密的樹上，做一隻目光銳利，又具耐心的啄木鳥，還不很容易呢！

一九八三・四・十《藍星詩頁》第六十七期

第二輯　評介

仙人掌

——介紹余光中譯《中國新詩選》

英文《中國新詩選》（New Chinese Poetry）的出版，為近年詩壇的一件值得興奮的大事。美國大使莊萊德夫婦特於一月十日在臺北官邸舉行茶會，招待譯者及原作者，慶祝出版。到有新詩人鍾鼎文、覃子豪、羅門、蓉子、周夢蝶、紀弦、洛夫、鄭愁予、葉珊；前輩學者胡適、羅家倫、英千里，以及譯者余光中夫婦、作家吳魯芹夫婦、作者等等。會中，胡適博士非常嚴肅地發表感想，認為寫舊詩是一條死路，新詩則不論目前成就如何，一定會有前途；因為這是一條生路。又說；雖然每年詩人節時舊詩人一聚就是一千多，新詩人那麼寥落，但你們決不可氣餒，要格外努力創作。胡先生的一席話，不但給在場的新詩人以極大的信心，亦予關懷新詩的人士，以莫大的安慰。自從一年前新詩發生論戰以來，新詩人並沒有被摸象派的批評所嚇退，創作的洪流，仍如大江之東去，無感於兩岸的猿啼。但像胡先生與前此虞君質教授那樣公開的勉勵，則不啻為最佳之鼓舞。而這本《中國新詩選》以及《六十年代詩選》（大業書店刊行）的在同日出版，可以說是現代詩的一大勝利。

這本英文詩選是詩人余光中以其愛奧華大學碩士論文擴充而成。選譯了自由中國新詩人二十一家的作品，共五十四首，各附小傳。此外，有譯者數千字的導言一篇，申論五四以來新詩的發展，尤對自由中國近十年來新詩壇狀況作客觀詳細的介紹。綜觀全集，其中的譯詩雖不能包羅自由中國所有的優秀詩人及其佳作，但其風格則頗能代表當前新詩的一般趨向。各自在創新的途徑上勇往直前，給人以朝氣蓬勃的感覺。其中如瘂弦的〈酒巴的午後〉（Afternoon in a Bar）在愛奧華大學「詩創作」班上，曾引起一致的興趣和廣泛的討論。而我們的若干「批評家」則指陳瘂弦的一首同樣好的作品為低級、或不解。他們對於現代詩的無知，到了使人吃驚的程度。他們對於「非告白式」的新詩，一概認為晦澀。且挑剔多於善意的批評，輕蔑多於鼓勵和同情。詩是文學這七寶樓臺的塔頂，而其遭遇如斯，能勿令人有文化沙漠之嘆！

這本英譯的新詩選，不但是自由中國的新詩第一次被介紹至國外詩壇，也是自有新詩以來少數的幾本譯詩之一，而且是具有相當藝術水準的一本。我所看到的一九四七年在倫敦出版的《現代中國詩選》（Modern Chinese Poetry）選有徐志摩、聞一多、卞之琳等九家，係分由九人譯成；前西南聯大教授斐英（Robert Payne）則寫有一篇頗長的緒言，對田間、艾青推崇備至，認為他們的詩將傳統一掃無餘，且展示一個完全不同的新天地（An entirely new world）。事實上田間、艾青的詩充滿口號和叫囂，政治意味多於藝術價值，這是誰都知道的。斐公的欣賞力，可能受了當時時尚的影響。這是一般選詩者常易發生的錯覺。至於一九五〇年在香港出版中英對照的《詩詞選譯》（Poems from China），係由黃雯翻譯，新舊雜處，連歌詞都收了進去，宣傳重於作品。如某名詩人為民國卅六年文藝節所寫的第一段如下：

什麼樣的歌兒人民愛？
什麼樣的文章頂高貴？
什麼樣的戲劇受歡迎？
什麼樣的藝術金不換？

讀了以上四句，讀者就不難想到下一段是什麼調調兒了！其中，也有被斐英推崇的田間的詩，試舉其抗戰期間所寫〈回隊〉的第一段如下：

夜

又滾開了
全村莊
還是
明亮
老婆

起得很早
就預備
往婦女會跑

丟開意識不談，以詩論詩，味淡而又費詞，連起來便成為散文了。這本詩詞選的整個新詩及歌詞部份，大率如此，譯成英文介紹國外，完全不夠水準。且譯者頗為疏忽，如下列一句詩係用上海方言寫出，譯者照字面硬譯，甚為不妥：

唉啊！唉啊！邪氣斬（原詩句）
Aya! Aya! Confound devils（譯句）

詩要譯得好，談何容易！英譯中尚且困難，中國詩句譯成英文，困難尤多。佛勞斯特嘗云：「我從未見到過一首拙作譯成其他文字以後，仍能保持原詩中的自然語法。」英國人以迻譯中國舊詩而享有盛名之魏雷氏（Arthur Waley），把陶淵明的名句「採菊東籬下，悠然見南山」譯成：

I pluck chrysanthemums under the eastern hedge,
Then gaze long at the distant summer hills.

第二句用Then gaze long將「悠然見」三字的神韻喪失殆盡，變成有意地去凝視或眺望。將採菊季節的「南山」譯成summer hills，不悉有無根據？整個一首，可以商榷之處頗多，此僅為舉例而已。

將現代詩譯成英文，譯者首先要有相當的理解力及悟性，單有駕御文字的能力尚嫌不足。翻譯是創作的再經歷，具有創作經驗者始能譯來傳神。余光中以詩人而譯詩，其對原詩的了解本甚深入，加諸修養的深湛，英語的造詣又高，讀者不難自這本詩選中獲得明證。茲舉阮囊的〈龍泉劍〉（The Dragon-Fountain Sword）為例，可以窺見譯者如何把握原詩的精神。

After the rain, the street shines-
A silver sword through the city's heart,
Walking along the twanging blade,
I am a bleeding lonely tramp.

A lonely bleeding tramp am I,
Not a seller of one's images
Nor a tightrope-walking dwarf.

Not a tight-rope walking dwarf,
Down the blade I lordly stride,
My footfalls ringing metallic,
Brushing the seven stars off the sheath,

Brushing the seven stars off the sheath,
The seven fallen souls of me
That dare not face their images—
So after the rain shines the street.

雨落過，路亮了
一柄銀劍貫穿了都市的胸膛
我從劍刃上走過
一個流血的過客

一個流血的過客
不是出賣影子的人

不是走索的侏儒

不是走索的侏儒
我昂然闊步地從劍刃上走過
震起了劍音錚錚
震落了劍鞘上的七顆星

震落了劍鞘上的七顆星
那是七顆墮落的靈魂
他們怕面對自己的影子
雨落過，路亮了

假如臺灣真是文化沙漠，這本新詩選是沙漠中一株挺秀的仙人掌；這是一本值得推薦的好書。

一九六一・二・一《文星雜誌》

和而不同五十年

——余光中和我

詩人楊牧曾向余光中說起：你和夏菁，自一九五四年相交，幾十年來，情誼不斷，真不容易！言下之意，自古文人相輕，互爭名利，知友因而反目者，屢見不鮮。你們之間有甚祕密和能耐？

楊牧說這句話，至少已有二十年。我和光中的友誼，迄今持續不衰；屈指算來，已超過五十三年。半世紀的好友，實不容易。在當今這個多變的世界，有婚約和誓言的夫妻能維持到金婚，已屬難能可貴，不要說是一般的詩人和文友了。

一九五四年春，我們在台北發起「藍星詩社」時，因兩人均住在城南，幾乎天天見面。我們的新詩，在報上輪番刊出，給人以並駕齊驅的印象。我們常袖藏初稿、找到對方，相互琢磨或炫耀一番。後來隔了一條淡水河，他在廈門街老宅、我住永和鎮新舍，過從還是很密。有一次永和發大水，我就把兩個小孩，送到他家避難。到了一九六四以後，彼此為自身職業而忙，但也能一兩星期見面一次，談詩論文。但從一九六八年我搬離台灣、參加聯合國工作後，就難得見面，只靠魚雁往返。有一次在東京飛往美國的飛機上兩人邂逅，就暢談一宿，到舊金山時，還意猶未盡，只能依依握別。雖然我幾十年來，平均兩、三年回台一次，但他有時在美國、有時在香港、有時出國開會，近年又常去大陸，兩人緣慳一面，好比參商。

一九九五年我七十初度、光中特贈詩一首，提及往事，也鼓勵長年在海外的我，回歸故土，和當初一樣，協力為詩。詩中有句如下：

當一切年輪
都轉成光輪
燦爛在軸心呼喚
魂兮歸來
西方不可以止兮
歸來，歸來
起點正是終點

——〈燦爛在呼喚〉

三年後的重陽節，是他七十誕辰，我從美國回台祝賀，並在壽慶大會上朗誦詩一首，後半段如下：

四十多年前的春天
那扇綠門
那棵翠柳
以及剪不完的青絲
和壯志

現在，任它白髮三千丈吧
離愁、鄉愁、萬古愁
詩人自古以來
總是這個樣子的

——〈白髮三千丈〉

是的，那時我已白髮蕭然；他腦後的白髮，如瀑如練。當年有〈兩馬同槽〉之稱的一對青年，一個已成千里之駒，一個則是老驥伏櫪，但交情不減當年。

我和光中原不是「同行」。他是文學的科班出身；我學的是自然科學。寫詩是我的嗜好、我的旁務，不會太計較得失。自知遣情抒懷，並無章法；雜學偏頗，殊少系統。對文學理論等等，我都以他為馬首是瞻。因此，不會發生爭論。而且，我們的職務也風馬牛不相及，不會有名利之爭。

其實，他是一個很認真的人。做學問更是一絲不苟。黑是黑、白是白；對文學作品更是字字必較。做朋友，確是一個諍友。記得我在一篇談寫作經驗的散文中，說起我只要有些啟示和動機，坐下來、集中、便可以寫出來。他認為「集中」兩字，乃英文concentration之直譯，讀者會不了解；我只好改用別詞。他的這枝春秋之筆，可以做到像美國詩人及評論家賈拉爾（Randall Jarrell）所說：道出朋友的劣點、敵人的好處（speak ill of friends and well of enemy）。如早年在現代詩論戰時，我一方面因自身工作繁忙，一方面因不善引經據典的去爭辯，只寫了少數幾篇文章，予以伸援。他後來在《中國現代文學選》（一九七五）中，用英文介紹我的詩時，就批評我「冷漠……缺乏責任感」（was one of detachment……lack of commitment）。我只好認了！後來，他在我的詩集《山》（一九七七）的序文〈山名不周〉中，說我的長詩不如短詩，我也不以為悖。又說「註定他不會乘潮驅風，睥睨自雄，但也不會擱淺在退潮後的沙岸。」我非但沒有生氣，覺得這是他的真知灼見，我一生寫詩、從未呼風喚雨，只是細水流長。到了八十年代，他主編了不少詩集和文集，因我長年在海外，有時把我遺漏，我也就算了。遇上別人，也許會吵翻了天。這種爭吵的例子，在文壇上比比皆是。我想：相互尊重，推心置腹，恐怕是維持友誼的基本條件。

他不但認真，他的知識和興趣，博大精深，也令我欽佩。詩、散文、評論、現代畫、民歌、戲劇、以及天文和地圖等等，均有研究，或有矚目的成果。我雖兼事科技和詩文兩方面，若要和他相比，真是小巫見大巫。尤其對他遇事專注、深入、不折不撓、探求真相的精神，更使我自嘆不如。這也是他成功之處！

文壇上有一批人認為，我和光中作品風格雷同；只要見一、不必見二；只要有亮、不必有瑜。這可能是早年同寫格律詩和長短句留下的印象。其實，我們兩人的風格和內涵是不同的。他瑰麗，我恬淡；他奔放，我內斂；他洋灑，我簡約；他是氣象萬千，我則雲淡風和。在半世紀前，我就說過：詩人有兩種，一像火，一像水，前者才氣橫溢，如火如荼；後者靜觀返照、澄清蘊涵。我們間的區別，庶幾近焉！因為不同，才能相互欣賞異質之美。假如兩個都是山，就要比高；兩個都是水，就要爭吵。他能容忍我的謬失，因我不是學文出身；我能瞭解他的雄心，因他確有真才實學。和而不同，異乃相引。我們在年輕時，曾自比雪萊和濟慈，或戲稱李杜。桃花潭水深千尺，不及我們友情深。是否會傳為美談？要看將來文學史上怎麼說了！

二〇〇八・二・四《中華日報》

詩的悲哀
——周夢蝶《孤獨國》及向明《雨天書》讀後感

近年來新詩的讀者似乎愈來愈少，原因當然是多方面的。讀者心理上覺得現在的詩不易讀懂，因此不去讀它，也是原因之一。其實，現在的新詩，除了少數外，只要多多思索，是可以欣賞和了解的。新詩因為讀者不多，一本很夠水準的詩集，也許在出版二、三年後只能銷出數百本，這種現象，確使人視出版為畏途。可是，仍有不少詩人，在生活極為清苦之下努力創作，並設法節衣縮食，或用借貸、變賣方式來出版詩集。其堅苦卓越的精神，令人欽佩。

首先我介紹周夢蝶先生及其最近出版的《孤獨國》。周先生在台北市武昌街一段依一舊書攤為生，每天只能做數十元的生意，有時僅僅以一、二饅頭充飢。自從人行道打通及整理以來，生活更為清苦。但在這種窮困的物質條件下，他的精神生活卻異常豐滿。數年以來，他的創作始終不斷。他的詩，正和他的為人一般，有一種高風亮節、守正不阿、自信樂觀的氣質；沒有悲憤、不滿的情緒，在此熙攘逐利之世，唯一能給他安慰與快樂的，只有詩神而已！我們且引他集子中的若干詩作來證明。

我想把世界縮成
一朵橘花或一枚橄欖，
我好合眼默默觀照，反芻
當我冷時，餓時。

——〈匕首第四首〉

一個人在飢寒交迫之時，尚能作哲學的觀照，豈非哲人乎？在另一首詩〈孤獨國〉裡，作者對現實的寒冷，有更進一步的美化：

而這裡的寒冷如酒，封藏著詩和美
甚至虛空也懂手談，邀來滿天忘言的繁星……

在此五光十色的社會中，迎來送往的俗世間，詩人都不無寂寞之感。作者每日趺坐街頭，面對芸芸眾生，尤感孤寂，誠如他詩中所說：

讓風雪歸我，孤寂歸我
如果我必須冥滅，或發光——
我寧願為聖壇一蕊燭花
或遙夜盈盈一閃星淚。

——〈讓〉

我是沙漠與駱駝底化身

——〈行者日記〉

流浪得太久太久了，
琴，劍和貞潔都沾滿塵沙。

——〈冬至〉

永遠是這樣無可奈何地懸浮著
我的憂鬱是人們所不懂的。

——〈雲〉

作者早歲從軍，一九四九年隨軍撤退來台，飽嘗跋涉之苦。現孑然一身，當不無流浪之痛，憂鬱之思。雖然如此，他仍充滿信心，對他所追求的，非常樂觀。

我用淚鑄成我的笑
又將笑灑在路旁的荊刺上

迢遠的地平線沉睡著
這條路是一串永遠數不完的又甜又澀的念珠
——〈在路上〉

在追求繆思這條路上，確實又甜又澀的。在〈行者日記〉最末一段中，作者如此地表達：

天黑了！死亡斟給我一杯葡萄酒
我在峨默瘋狂而清醒的瞳孔裡
照見永恆，照見隱在永恆背後我底名姓

讓世人去追求名利，詩人所追求的只是永恆。在另一首〈消息〉中，我們可讀到如下的詩句：

然而，當我鉤下頭想一看我的屍身有沒有敗壞時
卻發見：我是一叢紅菊花
在死亡的灰燼裡燃燒著十字

生命會終結，而精神和藝術長存。作者具有一種偉大的犧牲精神。在〈司閽者〉一首中，有更進一層的闡明。

我想找一個職業
一個地獄的司閽者
慈藹地導引門內人走出去
慈藹地謝絕門外人闖進來

一位深受流浪、貧困之苦的詩人，不怨尤、不頹廢；反而有如此偉大的情操，若不是修養深湛，對人生有透徹的了解，是很難做得到的。蕭伯納所推崇的英國街頭詩人戴維絲（W.H. Davies, 1870-1940），堪與作者媲美。

我認為周先生的詩，深具我國固有安貧樂道的精神，兼具佛禪的思想，可以說是非常中國的。對道

德式微、功利充斥、以及自卑自欺的現代社會，具有振聾發聵的價值，可是該詩集辛辛苦苦自今年四月出版以來，銷路清淡，使作者遭受生活上的打擊。現在的青年，寧願花十元錢去看一場低級電影，不肯花一半錢去買一本書。這是一種危機，也是一種悲哀。雖然，作者對詩集的銷路並不介意。唯求藝術上的安慰，誠如他在卷首所引奈都夫人的一句詩：「以詩的悲哀征服生命的悲哀」。但作為讀者的我們，豈能視若無睹？

其次，我要介紹《雨天書》。作者向明先生曾獲得四十六（一九五七）年詩人節新詩佳作獎及四十五年（一九五六）國軍文康競賽新詩第一獎。這次他把數年來作品精選出版，也是歷盡艱辛的。照他現在的待遇，要拿出兩千餘元來出詩集是不可能的事，又沒有任何出版商願意協助出版，他不得不變賣自己有限的財物，作為彌補。

《雨天書》的風格雖與《孤獨國》不同，但他們對時代的感受則頗相似。同有寂寞、苦悶、等待的一面，也有自信、樂觀的一面，都是現實生活淚汗的結晶，也是這時代曠野裡的呼聲。

我是眼中的瞳仁
雖有容納這世界一切美醜的閱歷
卻也厭倦於這單調了
於是我們的眼睛便只好闔上

可不是入眠，是等待

——〈等待〉

可是，這兒終究是怎麼貧瘠

……

沒有水源，沒有青草

——〈渴〉

而我是那座斷了脈的小山

孤獨、荒蕪、且被拘謹得挪不動腳步

——〈十二月〉

我苦悶，像大力者獨豎的巨劍，斬不

開這世紀的混沌

——〈埃佛勒斯峰〉

古老的沙原上，你是為時間陷落的殘堡
我是木訥的征人，我們有同一的悲憤
——〈悼丫〉

數十年來的動亂，年輕一輩從小就籠罩在風暴之下，他們的苦悶與悲憤是相同的。離開大陸以後，誰沒有「斷了脈的小山」的感覺？對於這「混沌的世紀」，誰又能「斬得開」呢？我們現在不是都在「等待」的狀態之中？但有些人是逃避，是頹廢，作者所表達的是堅定和信心。

而我們這些沙粒中細微的鐵屑
乃循著不可扭曲的方向
——〈遠方〉

啊！寂寞，單線條美的勻稱
即使難耐如細數飄忽的雨絲
而他仍將如貞女般屏息地廝守
——〈寂寞〉

沒有眼淚，不用叮嚀
我必須贖我
從這圈住我的失去歌的小城
以我殘餘的智慧和精力
——〈贖〉

因我內裡亦供奉著一座神
——〈埃佛勒斯峰〉

詩人的內裡有一座神，所以他能忍受，他能堅定的廝守，他的方向可以永遠不受扭曲。我們再看作者對藝術的信心。

我呀！從陽光處借來虹的彩綢
正忙於鋪設這通往永恆的階梯
——〈日子〉

你渺小的燭光不要哭泣呀
在另個星系裡我們是視為同體的
——〈燈〉

帶繭的粗手沒有夢過女王的親吻
偉大的建造裡，我是一名默默的工匠
——〈釋〉

這是一種新的精神，從前詩人給人的印象，不是狂妄、誇大，就是怪僻、頹廢，現在的詩人已從「白日夢者」一變為「默默的工匠」，這是詩人心理上的一種蛻變，不再是象牙塔裡的貴族，也不是「憤怒的一代」，可以說作者道出了當代詩人嚴肅、平易近人，正視現實的特質。

向明先生除在詩集裡不時表露懷鄉之情外，對於古中國的想念，也是值得注意的。

不也夠美
一座碑亭，洋溢著這東方古國的精神的
在歷史的畫廊中
——〈畫〉

向門外黑袍的不速客作挑戰的
我是一枝古國鍊就的紅纓槍
——〈燭焰〉

正如作者最近一首〈今天的故事〉中所說：

當沒有人記起黃帝，
沒有人發覺東方失蹤
而有那麼一種精靈
痛哭國籍，痛哭母親
這種精靈，就是詩人自己。

這兩本詩集給予我們的啟示很大。讀完以後，覺得有一種自尊，自信和堅定的力量在我們體內茁長。這正是當前這個社會——不是過分自卑即是過分自大——所最最缺少的。

一九五九・十・二《聯合報》

君子之交四十年
——我與夢蝶

夢蝶的詩集《孤獨國》，最近被選為台灣文學的「經典之作」，值得慶賀，也是「藍星詩社」的光榮。這本《孤獨國》，在民國四十八年（一九五九）春天出版，我在當年十月寫了一篇介紹，恐怕是第一個推薦人。篇名〈詩的悲哀〉，載在十月二日的《聯副》，屈指算來，已屆四十年。（請看前文）

我在結語中說：「現在的青年，寧願花十塊錢去看一場低級電影，不肯花一半錢去買一本書。這是一種危機，也是一種悲哀。雖然，作者對詩集的銷路並不介意。唯求藝術上的安慰；誠如他在卷首所引奈都夫人的一句詩：以詩的悲哀征服生命的悲哀。但作為讀者的我們，豈能視若無睹？」

韶光易逝，彈指四十年，當初讀到這篇評介的青年，現在至少已近花甲，但時下社會及文壇，能對夢蝶的詩藝加以肯定，四十年也不算太遲！

民國五十二（一九六三）年，一位我們共同的詩友許以祺，拍攝了一張夢蝶的肖像，背傍書架，面對武昌街的日午，似在沉思，又像入定，非常傳神。我看了以後，寫了一首詩，連同照片，登在當年三月的《藍星詩頁》上，原文如下：

待——題周夢蝶兄肖像

相看兩不厭
看著靜寂，看著虛空。
那滔滔不絕的已經離去，
只留下耳邊的迴浪。
那一言不發的還未來，
正用他的血在寫生。
還有，還有那朵稚氣的
白百合，留在母親的溫床

獨自在此，
伴著淡日，伴著沉思。
嚴冬，我懷念夏日

最後的玫瑰。
在鬧市，我願化成
一株仙人掌。
我原是在北極讀星的人
並拾貝殼
於喜馬拉雅的山頂。

在我背後，每天
歷史如扇之展合；
永恆自廊簷
靜靜地落下。
此刻，我待著
盤古在心谷琢玉的回聲。

數年後，我出國做事，很少有機會和他見面。他也放棄舊業，遷至鄉間。但每次我回台北，他總是趕來聚會。看他身體硬朗、精神矍鑠，握起手來，力如鷹爪。我寫了一首詩，在一九九二年四月《藍星詩刊》發表如下：

鷹——寫 夢蝶

那隻深凹的銳眼
嵌在孤高的前額
當你臨空遠矚
　渺小了山河
　睥睨了時空

那身玄色的外衣
淨白的足羽
莊嚴得使人起敬
而我深切感到的
卻是你起身
　騰空的一爪
啊！你是Bald Eagle
稀世的珍禽

去年回台北，在祝賀余光中兄「與永恆對壘」的酒會上，我送他一本剛出版的《澗水淙淙》，他忽然從提包中掏出一幅，早已準備好了的橫幅贈我。鐵畫銀鉤，墨淡韻足，看了十分喜愛。在會場上，寥寥幾句，也就分手。最近，他的《孤獨國》有好消息傳來，又想到他在這個大千世界上能做到出塵不染；因此，寫了首新詩給他。

我不能懂得——給　夢蝶

我不能懂得
你怎會一塵不染
一雙白底布鞋
踩著雲而來
你食的是人間煙火
我也是

而我是仍然固執
踏著林間的落葉

和泥沼，足音凝重
像一頭只活在
記憶中的恐龍

夢蝶和我，可能在民國四十五年（一九五六）的詩人節相識，回首四十四年來的友誼，可以說是細水流長，淡而能久。誠所謂「君子之交」；這是藍星同仁的一貫作風，也是我們的精神所在！

一九九九年八月十日於可臨視堡

一九九九・九・三十一《藍星詩學》第三期

詩的經驗與表達

——簡介瘂弦〈馬戲的小丑〉

艾略特（T. S. Eliot）說過：「一首詩的經驗是一刹那的經驗，也是一生的經驗。」他在〈詩和批評的功用〉內，又進一步的說：「作者的想像，只有一部份是從閱讀中得來，大部份則得自童年以來的敏感生活。」一個人開始寫詩的時候，往往寫他自己的切身經驗；戀愛、希望、痛苦等等。正如小說家的第一本長篇巨作多半是自傳性的。後來由於經驗的漸漸增加，閱歷的漸漸豐富；他也許會寫他自身以外的經驗；伐木工、水手、走索者、割草的農夫、甚至乞丐、妓女等等都可以作為題材。可以說，寫自己是純粹的抒情；寫別人則涉及了敘事及戲劇的成份，二者各有極致。有的詩人一生只願寫他自己，有的則喜歡處於第三者的地位。

無論是獨白式的直抒己見，或超然的描述，都有詩人的自身在內，只是程度的不同而已！也都需要有深厚的生活經驗作為基礎。僅憑幻想，難免落入膚淺。對於第一種寫法，毋庸我贅言；對於第二種，我們不妨作進一步的討論及舉例說明。

英國名詩人兼批評家史班德（Stephen Spender）在〈詩的創作〉一文中，雖自謙記憶力不健全（Defective），以及是以自我作中心的（Self-centered），但他卻說：「……事實上許多詩人，幾乎經歷過各種境遇，我並不是說一個詩人如果寫「極地探險」的話，一定真的要到過北極。我是說，他須經歷過寒冷、饑餓等等，如是，則可自回憶地想像中去體認北極的情況」。這一段話，說明了寫間接經驗也須用自己的經驗作基礎。

在自由中國詩壇上，寫間接經驗很成功的，頗不乏人。現在我舉出瘂弦先生來作例子。他寫過賭徒、小丑、妓女、乞丐、甚至土地公公、船中之鼠等等都非常成功。除了他的精鍊的口語使人感到格外親切外，誠如余光中先生所說：要歸功於他的舞台經驗及戲劇研究。我們試讀〈馬戲的小丑〉一首：

就打這樣的紅領結
在黑色的忍冬花下
斑馬呵，我的小親親
在可笑的無花果樹下
我的童年的那些
在地球和鐘錶的那一邊

明天要到那兒去
在篷布的難忍的花紋下
就打這樣的紅領結
發酵的鼻子
第二面臉孔
明天要到那兒去

在純粹悲哀的草帽下
仕女們笑著
顫動著摺扇上的中國塔
仕女們笑著
笑我在長頸鹿與羚羊間
夾褋的那些什麼

而她仍盪在鞦韆上
在患盲腸炎的繩索下
看我像一枚陰鬱的釘子

仍會跟我走索的人親嘴
仍落下
仍拒絕我的一丁點兒春天

　在黑色的忍冬花下
豹呵，我的小親親
月光穿過鐵柵
把格子絨披在你的身上
在可笑的無花果樹下
就打這樣的紅領結

我們讀完全篇，如看到一張哭和笑間的顏面；感到一種遊戲和嚴肅間的憂鬱，那種嘲弄和安慰自己的神情，以及卑怯的慾望，正是小丑所特有的。瘂弦先生有過多年的舞台經驗，東奔西走，時常會引起「明天要到那兒去」的疑問。他在演劇隊裡，據說因年輕、資格嫩，大半飾演「龍套」一類的角色，故對「小丑」的心裡和經驗，能確切的予以把握，他的經驗經過「移情作用」，經過「長期的消化」，心靈中一旦閃起剎那的火花，即能捕捉或引發。

除了作者的經驗外，這首詩的成功，也由於表達方法的適切。可以見出作者的天賦及修養。他不用憤世的口吻來抒寫，如「讓你們嘲笑出淚吧！」或「我也在內心嘲笑你們」等等，果如此，小丑已變成了哲人。他也不肯一味的滑稽到底，那只是低級的擺弄。作者用的是「外表輕鬆，內在凝重」（Outer lightness and inner gravity）的表達法，這是最富於戲劇性，也是最符合主角的身份的。小丑的地位在馬戲班內的確不高，他似乎整日與動物為伍。我們讀到詩中的「斑馬呵，豹呵，我的小親親」，「把格子絨披在你（豹）的身上」等等，都使我們感到小丑和這些動物，似無明顯的區別。因此他不敢求愛，因此，他被仕女們笑「在長頸鹿與羚羊間夾襍些什麼」。可是這種穿「花長頸鹿衣」，帶「羚羊角帽」的小丑，也有他非小丑的童年，只是已隔了空間和時間而已！可是今後一輩子流浪，滑稽的重演，到何時可以結束？不禁有「明天要到那兒去」的感慨。作者將最後的一句重複第一句，也有「蛇啣其尾」，循環不已的寓意！

這首詩的優點很多，例如對比的明顯、用字的正確、統一及意象的新鮮等等。但我認為最重要的，是他的經驗及表達。不賣弄、不刻意晦澀、不雄辯、不好高騖遠、誠如嚴滄浪所說「以文字為詩，以議論為詩，以才學為詩，終非古詩」。這的確是一首值得仔細欣賞的好詩。

一九五八・十二・十六《自由青年》二十卷十二期

好詩選介
——瘂弦：〈三色棒下〉

所謂好詩，有各種各樣的好法。如用自然來比擬，有的使人面對皚皚雪峰，頓覺純淨莊穆，渾然忘機；有的如江海滔滔，讀後感情澎湃，不能自己；有的則花影扶疏，給人以朦朧、柔和之美；有的則小橋流水，具左右逢源，曲徑通幽之趣。無疑的，瘂弦的詩，以趣味見長。當然他也有許多「思想型」的詩，但他大部份的詩讀來趣味盎然，使你一邊讀一邊感到快慰滿足。即使他詩中含有哲理，也以輕鬆的語調出之。絕不是板起了臉的說教。

給人（給己）以快樂（Pleasure），也是藝術創作的目的之一。能引人入勝，也須相當的藝術手腕。嚴羽的《滄浪詩話》說過：詩之法有五，其中「興趣」也為一法；又云：「詩有別趣」。佛勞斯特（Robert Frost）也曾說過：「一首詩以引人入勝為始」。蓋怡情即興，人之大欲所存。豈能終日開口「生命」，閉口「意義」，或「齣齣大江東去」？

瘂弦有一首〈酒巴的午後〉，寫得韻味無窮，可惜手頭無稿，不能介紹。好在，余光中在愛奧華大學「詩創作」班上，曾將該詩作一小時熱烈之討論。回國以後，當可報告彼邦人士對該詩的看法。現在，我選了一首他的〈三色棒下〉，抄錄如後，附帶談談詩的趣味，和語言：

理髮師們歌唱

總是這樣的刈麥節
總是如此豐產的無穗的黑麥
總是煙士披里純的土壤之上
收割，收割
南方的小徑通向耳朵

且也是一種園藝學
一種美
一種農村革命
一種不屬於希臘的雕塑趣味

理髮師們歌唱

我們先談談「趣味」。新詩的所以新，現代趣味和精神為主要因素之一。作者用理髮店門口的〈三色棒〉作為詩題，來描寫理髮師的工作，先給人一種輕鬆的感覺。接著，第一句就寫下「理髮師們歌唱」，煞是有趣。因在散文家筆下的理髮師，大多是操刀而割、面目可憎的。詩人究竟別具隻眼。華次華茲（William Wordsworth）嘗謂詩人對人性有更深的認識，殆不為過。作者的同情心和幽默感是不難想見的。當我們讀至第三段，會忽然聯想到，所謂「歌唱」，可能是剪刀的女高音，和電吹風的男低音，使人不禁欣然獨笑。

「刈麥節」有一種收穫的快樂，也有此起彼落的「歌唱」。「豐產的無穗的黑麥」，先是給人一驚，然後有統一的快感。讀到下一句「煙士披里純的土壤之上」時，我相信每一個讀者將發出會心的微笑。那種新穎的比喻，適恰的暗示，實具現代的趣味。

第三段內，「園藝學」象徵修剪的技巧；「農村革命」表示了機械化和電氣化的收割；「不屬於希臘的雕塑趣味」，則似乎連帶說明：現在不時興從前那種一絲不苟、刻板、使蒼蠅溜腳的古曲髮式；而盛行一種疏落有緻、瀟脫不羈、具有現代藝術風格的式樣。

以整首詩來講；沒有太歐化的句法，也沒有使人食而不化的時髦典故。遣詞造句，比喻命意，都深具現代趣味，和對一切職業尊敬的現代精神。

這首詩的另一種好處，如同瘂弦其他的詩一般，是用很自然的口語來寫成的。念或朗誦，都可以朗朗上口，富有抑揚的節奏與音樂性。當然，詩的語言從不會恰恰像你我所講的一樣，但它必與當代的日常語言有一種關係。艾略特（T. S. Eliot）嘗稱：「詩的每一次革命，都是要返回日常語言」。我覺得語言關係傳達，茲事體大。自由中國只有少數詩人像作者那樣，用活的語言入詩，又不時從日常語言中擷取精華，作靈活的運用。這種道路，無疑是非常正確的！

一九五九・九・十《藍星詩頁》第十期

〈芭蕾舞會〉簡介

——兼論「暗示」與「象徵」

據說現代文學作品中，普遍地存有一種趨勢，即暗示的部份愈來愈大，讓讀者去思索的部份愈來愈多。詩更是如此。可能因為人類的本性中，存有一種追求和深索的興趣，經歷辛苦得來的，要比全不費工夫得來的，寶貴的多。英國批評家裴特（Walter H. Pater, 1839-1894）早就說過：「須留與讀者思索」（Leave something to the willing intelligence of the reader），象徵詩派更主張暗示而不直說。

但暗示必須適當，太過則失去暗示的本意；不足則讀者無所憑藉，無路可循。增一分或減一分的得失，全賴作者的匠心。在用象徵的手法來表達時，也須抓住對象的特性和本質。所謂「愈能使不類為類，愈見詩人心手之妙」。否則，風馬牛不相及，胡湊拼合，教讀者如何能產生聯想？

「暗示」與「象徵」的手法，在目前台灣的新詩中頗為流行。甚多因運用不當，使作品落入過份晦澀及瑣碎的泥沼。反而，減少了讀者的興趣。譬如食物中的調味品，用得不當，非但不可口，反而失卻原味，使人難以下嚥。又好像鄉下女人學時髦，非但沒有增加美觀，反而淪為服飾的奴隸，掩蓋了本身的自然美。這種情形，凡是平時注意新詩的讀者，都不難發現。

當然，在這方面運用得非常成功的，也頗不乏人。在此，我願意舉出李國彬的一首〈芭蕾舞會〉作為介紹及分析的對象，或可有助於一般讀者的欣賞。

以一蕾春日靜靜展瓣的百合花
在揭幕時

偶然一陣掌聲所掀起的風暴掠過
像琉璃的碎聲，喧噪
舞臺。而色燈播種夜的雛菊

那少女以修長的手勢，在收穫
滿廊的幻夢。

管弦器爭執著，時間的松枝在燃燒
而百合一瓣一瓣的凋謝

而塵埃懶於獨步
而劇幕徐徐的降落
遮擱春日的屍體。且掩蓋以
觀眾們遺落的嘆息

縱觀全詩，進展有度，層次清晰，尤屬次要。最成功的，在於暗示的高明，和象徵的確切。他用「百合的展瓣」和「一瓣瓣凋謝」來象徵舞蹈的開始和結束，給人以寧靜、高潔、具有節奏的感覺與聯想。他用「琉璃的碎聲」來描述掌聲，表達了觀眾熱烈及輕快的情緒。尤其用「雛菊」來象徵燈光的明暗線條、和諧、與美，使讀者籠罩在舞臺朦朧與詩意的燈光之中。作者實已抓住了原來事物和象徵間的共同精神，又不落前入窠臼，確是難能可貴。「時間的松枝在燃燒」，猶如生命在燃燒，使我們不禁想起了里爾克〈西班牙舞女〉那一首傑作。當然，詩中也有比較隱晦的如「塵埃懶於獨步」，使讀者一時感到迷失；但以整個而言，作者原意似在增加一些神秘的氣氛。

我說它暗示高明，主要是指第三段而言。尤其是「收穫」二字用得又經濟又含蓄。它不但賦予了鮮活的形象，同時也暗示了舞蹈表演的成功，假如換了「催眠」或其他字眼，就無法包括了後者的意義。下一句也接得非常精彩，用「滿廊」而不用「觀眾」，「滿」與「收穫」的確常常是有機的關聯著的。「幻夢」兩字給人的啟發也非常大。它暗示了觀眾的陶醉和忘我，以及精神之昇華，連觀眾的藝術修養也包括在內。如用「讚美」、「沉寂」來代替「幻夢」，活句便變成了死句，這首詩的最末兩行，也具有相當的暗示力量。從動的舞蹈而至姿態的固定，因此作者選擇了「屍體」二字。觀眾們的「嘆息」，是嘆息美的事物之瞬息即逝；好景的不常；幻夢的易滅。因為，觀眾回家以後，又要面對著一個俗的世界！全詩沒有「成功」、「生動」、「讚嘆」等字樣，但無疑地，讀者可聯想到這次芭蕾舞的演出確是非凡的動人和成功，真所謂「不著一字，盡得風流」！

當然，這首詩並非十全十美；但確是一首難得的好詩。出諸於一位甫踏出中學之門的青年之手，更加使我們覺得自由中國的新詩確有進步！這幾年來大家的努力也沒有白費！如果還有人要說這種詩看不懂，或新詩最沒有成就；那末，他的藝術修養是頗成問題的了！

一九五九・八・十《藍星詩頁》第九期

為覃子豪立像

牙買加有一位聞名歐美的音樂家，前年死時政府予以國葬，最近又要為他塑立銅像；藝人如此，可以說備極哀榮。但因為這座銅像塑得太抽象，引起了舉國的爭執。有人說，有像無像，無關宏旨；又有人說，立像應是後代的事，應經過時間的考驗，如大家還認為有此需要，這才顯出此人的真正的偉大。

子豪逝世倏忽二十年。按照艾略特的說法，二十年已是一代。現在很多人出錢出力，要為他豎立銅像，應該不算太早，應該不算感情用事。這是肯定子豪在詩壇及文壇的地位。

子豪在詩壇、文壇的地位，可以分兩方面來講。第一，他的詩自有其藝術價值；尤其在台灣早期的詩壇，他的具有象徵特色的詩，的確獨樹一格，也風靡了不少年輕人。當然，這方面的評論，有待將來去完成。我想，子豪在另一方面的成就，即是他推廣新詩影響力，提攜青年詩人方面的熱心和努力，恐怕在那時，很少人能出其右。

早年，我常常去杭州南路林務局洽公。每次總去對門糧食局看看子豪。在偌大的辦公室內，很多次只有他和其他幾位在桌子上辦公。而子豪總是集中精力在譯詩、寫詩，準備函授學校講義、或為年輕朋友寫信。他那時的職位是督導，常常也要出差鄉下。據他說，晚上在旅館中，也要改詩或看稿。有時感到非常疲憊。我總是對他說：「功不唐捐」。

在子豪得病的那年春天，他似乎出差去台灣東部，連續有好幾個月。有一次，他告訴我，出差常被邀出去應酬，公私兩忙，有時為了趕稿，徹夜未眠。我覺得他那時，滿面皺紋，老了不少。他沒有好好休息，吃的東西又不潔，就染上了不治的肝病。

子豪是「藍星詩社」五個發起人之一。但由於他當仁不讓，推展新詩，以及努力詩教的種種表現，給很多人的印象——他創辦了「藍星詩社」。不錯，「藍星」這個名詞是他建議的，在鍾鼎文離社以後，他是唯一的元老級人物。其實，誰創造了「藍星」，並不是最重要。主要的是看他有無實質上的貢獻？子豪首先在公論報上主編《藍星周刊》，稍後又獨資編印數期《藍星詩選》，對自由中國早期詩壇，的確德高望重；此外，他也培育了不少新人。

我想，因為這樣，今天還有這麼多人要紀念他，要為他立像。我們中國人一向尊師，子豪恪力推行詩教，差不多可以說以身殉詩。因此，他深受年輕詩人的愛戴，也為同儕所敬重，豈是一件偶然的事！

一九八三．十．二十《藍星季刊》第十七期

《藍色小夜曲》評賞

（一）

鄧禹平先生的抒情詩集《藍色小夜曲》已經出版了。這集子內，曾有很多首在各大報章雜誌上發表過，也得了文壇的推崇及讀者的愛戴，確是一部不可多得的詩作。

在這個時代，誠如葛賢寧先生在序文裡所說的：「新詩很難寫，也很難評。」現在，鄧先生既然抱了「沒有考慮過它的成與不成」的態度，把它刊行於世；在我們，也不妨把這集子裡的優劣明暗，拿出來「好好鑑賞，細細批評」一番。

在尚未開始討論以前，預先要聲明的是：一般的看法，對於作品的社會價值和藝術價值是相提並論的。但這是作者的抒情詩集，作者自己也認為和「時代情緒」相去甚遠。我們若再斤斤於它的社會價值的探討，從而抹殺其藝術價值的話，那是極無理由極不應該的。好在，作者尚有許多富有時代情緒及社會價值的作品，可供另一方面的鑑賞批評。

雖然，藝術品的社會性及藝術性是不可分割的；詩人的表現，也不能僅限於個人的呼聲。但我們從這本抒情詩集裡，還可以發掘到很多的寶藏，見到很多的真和美。

（二）

首先，我們談談形式。新詩因沒有一定的形式，在創作的過程中自由是自由了，但要想適切地表現內容，提高內容，那就感到萬分棘手。而一般作者在看到新穎的形式時，又往往喜歡沿襲。殊不知形式與內容的一致才能發揮高度的價值；每個詩人應創造他自己的形式；每一首詩也應有它獨有的形式；這樣方是創作，而不是抄襲。

在這本詩集裡，作者的確化了不少心血，創造出一種適合內容的形式。特別提出的，如〈憂傷〉一首：

> 你總不會看見一個鳥兒沒有翅膀？
> 你總不會看見一個愛情沒憂傷？
> 沒有翅膀的鳥兒不能飛舞，

沒有憂傷的愛情不會久長！

自古，愛情與憂傷一塊兒生長，
就如花朵和葉兒一樣，
花有不同底顏色，
但葉兒的蔥綠總是相彷！

整個一首詩，像一個靈活的象牙球；第二段包藏在第一段裡，在自由的轉動。如把第二段單獨拿出來，它也自成一個獨立的整體。然而，它和第一段同是一塊象牙琢成的。我們如果作進一步的分析，發現第一段是圖案的端莊的，第二段是小巧的玲瓏的，這正可滿足人們喜歡發掘內在的東西的這種慾望。作者用這種形式，很適合題材：因為他沒有為憂傷而苦惱，他反而欣賞著憂傷，像我們欣賞象牙球一樣。又像〈椰樹情歌〉（「阿里山風雲」插曲）：

小妹已長大呀，芳情深濃！
小妹要情哥來愛呀，
芳情燃在妹心中！
（限於篇幅，只錄第三段）

全首三段，而每一段的第一句，都像是根大椏枝，第二三句是它的分枝，整個詩又像是分為三根主枝的大樹，它只有一個根，一個本身，那就是愛情。這三段中，前二段是一種陪襯，第三段才最接近本身，正像一個燦爛的生命，一棵向陽的樹，它的最茂盛的一段，偏向一面。再如〈夢〉（詩集的「序幕」），它的整個形式，像詩裡所說的「心扉」；又確像一幅「幕布」。我們假如從全首（二段）的中間向左右看去，它真像門一樣的對稱，幕一樣地能徐徐啟閉。這種巧思和題材的配合，使我們不得不悅服。而且最後的虛點，也表示出連續的無止的意境，因為這是個「序幕」啊！

其他像〈女神的天平〉那種一一較量的形式；〈航〉那種愈駛愈遠的形式；〈小誤〉那種打結解結表現方法，都很別出心裁！

假如要在形式方面有所批評的話，那就是作者有時要求得太嚴格，有幾首詩只是整齊而缺乏變化，短少了參差之美。他如〈愛神的便酌〉〈愛神的放款〉那種字數較少長度一律的句子，非但無迴補的餘地，限制了內容，且也陷於呆板。又如〈癡〉一首，意境是好的，表現上卻欠缺了一點。

一般的講，這集裡的形式，大部是巧適的，端莊的。作者沒有矯揉做作用力出稜；他把深摯的含意予以恰當的梳理；他把奔放的感情納入適度的框架。給讀者以明晰，簡潔的印象。加上他的對韻律的注意，即使稱之為古典的作品，也無不可。

（三）

現在，我們再把韻律特別提出來討論一下。鄧先生是如何地注意它啊！我們可以這樣說：詩如果沒有了音韻和律動，那就枯燥得不耐吟誦和傾聽。因為詩除訴諸眼睛以外，尚訴諸於耳朵的。它本身具有一種魔力，使我們易於感受，易於激動。在這方面，我們且看看作者的成就吧！

我送你一首小詩，
用我的牧笛小聲吹弄，
又邀來夜鶯輕輕朗誦。

（節錄〈我送你一首小詩〉）

這詩，韻律本來已很柔和輕盈，而尤以這一節，使我們聽到了牧笛和夜鶯的聲音，在暮色漸濃的傍晚。又如：

你來了
同我經年未忘的小夢……

惆悵
迷朦
和那美麗而難言底相逢。
……
你去了——
像一陣秋風，
無影
無蹤
但卻在我靜止的心潭上
撒下一層枯萎的落紅。……

——〈來去〉

全首韻律都極自然，與內容的配合上，沒有一點斧鑿的痕跡。前面所提及的〈憂傷〉，也是一首韻律很好的詩，我們發現第一段的第三句不用押韻的「飛揚」而用「飛舞」，第二段的第三句不用押韻的「形狀」或其他，而用「顏色」，可見作者的用心在使揚而能抑，使最後一句格外加重，使全詩婉而可風。（如舊詩）

其他需要提出來的，如〈題小金〉的第一段和〈夢舟〉裡的「那岸頭沒有誰知道，除卻一束蘆葦草」。前者音節忽長忽短，跳動而又變幻，很能表現出一個天真的女孩子在成熟的一剎那的這種捉摸不定的性格。後者又是這樣的洒脫而有趣。

禹平先生的詩，因對於韻律十分講究，使讀者增加了不少興趣，而傳誦一時。這或可歸功於他熟練台詞的關係。但在這詩集裡，除極少數以外，倒也找不出因為故意要著重韻律，而牽強了意義的作品；這是他的成功之處。好的詩人，確要有決心；不肯因為要保持韻律的正則性，而使他詩裡的意義有所損削。否則，他就是形式主義。

對於這方面的批評，我們發現到大部份作品的韻腳，作者賦予了陽性的響亮的音調，以適於朗誦為鵠的。這正也受作者寫慣了劇本的影響。但對於有許多內容的表現上，會破壞了氣氛的。現在，我們試舉出一首來看看：

何必再相逢，
相逢何必情更濃，
是深是濃終是夢，
徒添愁災千萬種！

——〈再相逢〉第一節

非但音韻很宏，且律動愈來愈急，讀之使人興奮。因此削弱了「愁」的意義。也如〈海底呼喚〉的末一段，意境新穎；惜最後一句，讀起來很難上口，美中不足。試改作「那堅固而永恆的愛情！」成「那愛情堅久的明證！」是否好些？

這些都是小疵，無傷大雅，我們所以把它提出來，正因愛之太切，期之太深，聊供作者讀者進一步的研討！

（四）

字句正同顏料及音響一樣，在選擇運用上，需要謹細和簡鍊的藝術手腕，尤其是寫詩。作者在這方面，表現出了他的努力和天份。他用得很正確又很節約，他不肯在筆下通過一條非必要的線路，又不肯使用一個多餘的形容詞。他卻能使用得很自然呢！如：

我在空谷中高聲呼喊，
希冀喚回逝去底從前，
但山谷沒有了回響；
只答我無言底愁雲滿天……

——〈空谷〉末一節

最後一句，不但有音韻美，意境美；且對於「答」「無言」這種種意義完全相反的字，連在一起，竟能渾然無跡。以下又緊接了個「愁」字，益妙。如改用「白」字，意義銳減。整個這一句無一字無意義，無一字不生根；這的確是功奪造化的筆法。又如，〈我送你一首小詩〉裡：「用草原寫上羊群，用藍天寫上星星」；這個「寫」字，用得多麼生動美妙，假如改作「畫」字或其他，非但神韻頓失，且在第二節裡想用同樣的動詞，就不可能的了。在〈盼望之歌〉裡，作者共寫了四句「綠衣人像個流動的春天」，表示出那時的心境，是多麼的苦悶和急躁，他無時無刻不在窗口張望著，而綠衣人——那帶有春天的消息的——又是這樣的匆匆來去啊！其他像〈失去的週末〉裡的：

在每週的岸邊，
我總有一個綺麗的傍晚。

「岸邊」二字有多麼具象的作用，它是和「傍晚」二字，有機的關聯著的。在〈釋〉裡面的句法（第一節）用得更妙，作者不願將三個「角色」像排隊一樣的出現，使人們發生過於期待的厭倦，作者在第三句忽然一變，使後二個「角色」脫穎而出，就像作者在處理劇本上的人物一樣。

在這方面，我們祇能提供很少的批評。這裡，沒有一連串堆砌的抽象難解的名詞，也沒有太文藝腔或怪僻的句子，都是很實在，很明晰，很清新，使人們易於接受和瞭解。但像在〈愛在虛無飄渺中〉的三組四個字形容詞如「盈柔綿泯」「靜寥悠闊」和〈再相逢〉裡的「獨自撲滅無數冬」，最好能夠避免，它們實在沒有產生美感或意義。又像〈愛神的便酌〉裡「這裡給我太寂寞」一句，夾在富有舊詩的格調裡面，似顯得不很調和。再如：

費了一生辛勤
只落得個傻子底罪名！！

——〈詩與詩人〉末二句

筆者以為「美名」較「罪名」來得真切一點，特提供大家討論。

（五）

最後，我們談到描寫和意境。

要描寫深刻，取喻得體，意境無窮而富啟發性，的確是件很不容易的事。這不但要苦苦琢磨，也要一點天份。作者天份很高，又好深思力學；故在這方面的成就，較以上尤為顯著，我們在上面提過的〈憂傷〉和〈小誤〉，意境取喻都極好，這不是很好的證明嗎！像〈我送你一首小詩〉的末節：

我送你一首小詩，

當紫丁放香，
牽牛花爬上窗口的時辰！

給人以一幅生動的畫面，那牽牛花不是正像作者的感情一樣爬進了我們的心靈之窗嗎？又如：

見面說些甚麼好？
多了太慌亂，
少了更苦惱，

——〈訴〉末節

此情此境，一若回憶到我們和愛人見面時的光景，而作者卻能在短短的幾句中，道出了真諦。濟慈（John Keats）論詩，嘗謂：「所謂好詩當道人心中事，使其若憶舊而得者」。法哲人方得耐爾（Fontenelle）亦稱：「至理之入人心，冥然無跡，雖為新知，而每若忽憶夙習者」。個中意境，最屬難能。再如〈答〉，這是一首早已膾炙人口的好詩。他寫的是「實生活」，而以「天堂」和「地獄」作為素材；表現卓越，陪襯有力，意境尤為豪邁。詩人的所以出眾而又不是鑿空，這首詩裡可以找到解「答」。同樣，〈藍天〉的意境，與此相倣！還有〈夢舟〉一首，意境之瀟洒，無以復加。尤其最後一段，我們把它提出來：

我有一葉夢舟，
它的行程像一首歌，
那歌的詞句清新——
說「……雲朵為甚麼要飄泊，
星星為甚麼要隕落！……」

使我們想到了「此曲祇應天上有」這句話。〈歌者留書〉意雖超脫，唯較遜色。此外〈有一句話〉〈改換〉〈銘〉〈悲愴交響曲〉，意境描寫均佳美，〈臨別贈言〉也夠譏刺。另再特別一提的，是〈詩與詩人〉的寓意，及其第二段裡的一句話「詩不在筆上，抄本中」，深刻而銳利。一方面告訴我們詩在生活中，同時是可遇而不可求的。一方面又似乎說出了《滄浪詩話》裡的「以文字為詩，以議論為詩，以才學為詩，終非古詩」，和「詩有別才，非關書也，有別趣，非關理也」這二句話的意義。

這集子裡〈假若〉一篇，字都識，句都懂，整個卻難以理解。又像〈離別〉裡的「天下的玫瑰一樣甜」二句譬喻，不很恰當。同樣在〈釣魚人〉裡，「小魚兒就像我們的詩呵」，卻取喻十分得體。

對意境的批評，難免要涉及作品的社會價值等問題，我們在上面所提的幾首，雖與時代情緒相去很遠，但我們也同樣可以拾得許多「真理」和「人生價值」呢！

現在，我們借某一個文藝批評家的話，作為證明：

抒情詩是詩人個人的感情的表現，但其所以使我們發生了興趣，是因為他寫出人類共同的感情，把我們縫結在一起，因此為自身講話的詩人，把語言借給我們全體了！」

（六）

我們以整個詩集而論：它的風格是端莊的；辭言是婉約的；意境是幽邃的；它可歌而又可誦。以每一首詩而論，差不多每一句：有一個變化；一個境界。愈後則愈佳。更好的是：作者並不是把我們從大門引入花園，而是一下子把我們帶到一個引人入勝的地方，讓我們順著花徑自己去欣賞，遊覽，這和一般平鋪的，瑣屑的，註解式的寫法，不可同日而語了。

鄧禹平先生，對於戲劇，音樂，繪畫都很有修養。我們闔上了他的詩集以後，腦海裡還浮顯著一幅生動的圖畫，跳動著一個悅耳的音符，出現著一個美麗的角色，這更使我們相信藝術是相互關聯的。

末了，我們應予作者以最大的鼓勵，使其不斷地在詩的領土中，開出永不凋謝的花朵！

這次，在短短幾天中寫了很多的篇幅；不厭其詳，不事空洞的直抒己見；難免有武斷遺漏之處，但在此文藝界提出「鑑賞，批評」的今日，如能拋磚引玉，引起大家的興趣，和先輩們更進一步的批判，那末對於讀者，作者，甚至筆者，都不會全無意義的了！

一九五一．八．十六《經濟時報》

愁雲滿天
——悼鄧禹平

鄧禹平兄在年前謝世，使我有「弟兄中又弱一個」之感。雖然，自從民國四十六年（一九五七）以後，我們就很少見面；待我五十七年（一九六八）出國以後，更是緣慳一面。但每次握手言歡，他總是熱情過人；每次有他在場，總是氣氛融洽。這樣一個人，英年早逝，使我感到意外。

我認識禹平，約在民國三十九年（一九五〇）。他當時，正在《新生報》及《經濟時報》發表《藍色小夜曲》中的抒情詩，清新脫俗，玲瓏婉轉，頗能風靡一時。在那個年代，口號詩、八股詩到處充斥，報章雜誌上，很少刊登抒情詩；有之，都承襲大陸上三十年代的遺風。有一次，我看到有一個詩人，跳到桌子上去念詩，那種嘶聲力竭的樣子，使我掀起了反感與疑問：難道詩就是口號，詩人必須要這般模樣嗎？

那時我和禹平，常常見見面，談談詩。他的《藍色小夜曲》出版以後，我曾經寫了一篇評介在《經濟時報》的副刊上，時在四十年（一九五一）八月。其中有一段如下：

一般來講，這集裏的形式，大都是巧適的，端莊的。作者沒有矯揉做作，用力出稜；他把深摯的含意予以適當的梳理；他把奔放的感情納入適度的框架。給讀者以明晰、簡潔的印象。加上他對韻律的注意，即使稱之為古曲的作品，也無不可。

少年論詩，不自量力。但也表達出我當時對《藍》集的看法。我對他的詩，不完全說好，凡指出欠缺之處，他也樂於接受。數十年來，詩人有此雅量者，亦不多見。

民國四十、四十一年（一九五一、五二），我在台北鄉下工作，每次來臺北，總是找他去談談。他那時好像已訂婚，情詩也不大寫了。有一次，我問起他，他說，很多人對《藍色小夜曲》的批判是「浪費感情」，勸他寫反映時代的詩。我聽了替他抱不平，認為抒情詩有它的地位，一個社會不能千篇一律，大家排起隊來吶喊。應該多多鼓勵自由創作。我們當時注意到，余光中《舟子的悲歌》，覃子豪《海洋詩抄》，鍾鼎文《行吟者》，以及女詩人蓉子《青鳥集》等先後出版，都是抒情之作；與叫囂、宣傳作品，大不相同。因此，很想和這幾位詩人見見面，談談寫詩的種種。

這件事，醞釀了一年多。原因是禹平太忙，他在影劇界活動已夠多。我呢，住在鄉下，翻山涉水，也沒有機會到臺北來，和這幾位詩人聯絡；何況，那時我還不認識他們。這樣一拖再拖，待我進入農復會，遷返臺北，屢次聽梁實秋先生談起余光中，才又燃起要和諸詩人見面的願望。民國四十三年（一九五四）春天，我向禹平重提此事，他說：「這樣好了！你作一次東，我們約他們來談談。」當天，我們就聯名備妥邀請函，有的郵寄，有的由他專送；在三月中旬的一個週末，一個星座就此誕生[1]，餘下已經都是歷史了。

禹平對藍星詩社早期，支持頗力。每有聚會，大多出席。他頗善辭令，也排解了不少爭執。後來，同仁中常有開會吵鬧之事。我常常想，如果禹平來參加，也許不會不歡而散。禹平對詩，主張自由創作，不相信堂皇宣言，或有所規律。這種想法，藍星一直保持到今天。他後來對詩的興趣，卻日益漸少，雖然在民國六十七、八年（一九七八、七九）間，嚷著要向藍星歸隊，但在詩社刊物上，也沒有見到他的作品。也許發表在別處，在國外的我，無法看到。

禹平早年在詩壇，頗享盛名，他的小令，傳誦一時。雖然作品價值，將來自有論評，此處不願多贅。但我認為：他當年率先開拓抒情時，主張自由創作，以及發起藍星詩社等等，實在功不可沒。現在我回想起來，三十五年彈指而過，弄笛少年[2]已歸夢土，能不黯然！落磯山下近日陰霾，使我想起他的〈空谷〉中的一段：

我在空谷中高聲呼喊，
希冀喚回逝去的從前，
但山谷沒有了回響；
只答我無言底愁雲滿天⋯⋯

一九八六・四・五《藍星詩刊》第七號

1 詳見〈藍星談往（一）〉，本集附錄。

2 禹平〈我送你一首小詩〉中，有下列數行：

我送你一首小詩，
用我的牧笛小聲吹奏，
又邀來夜鶯輕輕朗誦。

遊俠詩人吳望堯

吳望堯是早年台灣詩壇上的奇人。這位被稱為「鬼才」、「惡魔主義者」的「遊俠詩人」，想像奇特，詩風豪邁。余光中在一篇文章中說他的詩，是一種對於現代世界的敏銳感受，同時伴以原始人的野蠻精神。望堯自己也寫過一句這樣的詩：「我放風箏是不用線的。」

我記得望堯第一次來見我，穿了一件不乾不淨的汗衫，說話口氣不小，給我印象很深。那時，他不過二十左右，在台北近郊一個化工廠工作。認識以後，我們有幾年交往，除談詩以外，我們還一起作畫。用蔗板、油漆、和滴灑法（Drip Painting）畫了不少現代畫，兩人頗為自得。有一次，在我台北永和鎮的舊居，還開了一次小小的畫展，請了不少年輕詩人。有一位是楚戈，他後來是當代出名的藝術評論家。我記得楚戈看了以後，只是笑笑，不置一詞。

望堯於一九六〇年單身西馬去了越南，從事化工製造業。我則於六〇年代兩次去了美國、到一九六八年後就全家搬離台灣。隔了重洋，見面很少，只是間接聽到他的消息。數年後，知道他在中南半島鴻圖大展，事業成功，我當時就想起了傳奇中的虬髯客；只是望堯不留長鬚。也聽說他在越南很少寫詩，卻獨出巨資，在台灣辦了一個「中國現代詩獎」。他也曾一個人腰纏萬金，環遊全球，寫信給我時洋洋得意，描述的行徑，卻荒誕不稽。但其中有一件事，為詩友們稱道，也可看出他「言出必行」的作風。在他去越南前，詩人黃用也將去美。兩人在言談中約定：十年後的一九七〇年五月十二日中午十二時，在巴黎鐵塔頂層見面。十年後，他已在西貢成家立業。到了三月，他即趕辦出國手續。太太問他去那裡？答稱去會黃用。太太說他是傻瓜。他辯道：說過的話一定要算數。真的，他獨自赴約，還攝影為證。對方可能將此事已忘得一乾二淨，因他們已十年未通音訊。

望堯在吾輩詩人中，的確是一號英雄人物。但有時也有他幽默、童真之處。例如，當現代詩遭到攻擊時，他雖不善為文抗辯，但也寫詩反擊。我記得，那時中國廣播公司的言曦（邱楠），對現代詩常有惡評，望堯在一首詩〈巴雷詩抄三〉裡，寫有一句：

小丘上停著楠木的棺材

暗指言曦已經老朽了！這是他親口對我說的，恐怕還無別人知道。他平時行動也很有戲劇性，和女友出遊，他大步走在前面，女友則緊緊苦追，最後沒有成功。當我第一次去美，懷念藍星諸君子時，第一個就想到他：

武士割袖而去
踏著宮本武藏雲遊的腳步

一九七五年望堯在越南危急時、我曾寫詩（如〈胡笳〉及〈在四月的籬圍〉）懷念他。不久，他全家由紅十字會救回台灣，落得兩手空空。一九八〇年，他又浪跡去中美洲，到宏都拉斯落腳，在財力有限、西班牙語不通的狀況下，力圖東山再起。這次，好像並不如意，二十多年來少有詩作，也很少和台灣詩友連繫，像一隻沒有線的風箏。近年則目力不濟、不看書、不寫字，不通訊，其寂寞可以想見。現在客死異國，令人黯然。對其人、其事、其詩，則實在難忘，難忘！

摘自夏菁二〇一二《船過無痕》六八頁

追夢得夢
——序麥穗詩集《追夢》

麥穗和我，在一九五一年左右曾是同事。那幾年，我們同在台北近郊的一個茶場及林區中工作；種樹、製茶、護林，於群山環抱中日夜奔忙。有暇時則談詩、讀詩、寫詩，過著少年不知愁滋味的日子。不久，我離開鄉間到台北做事。我們仍保留通信談詩的習慣，對那時寥寥的詩刊妄加研批。他和我對新詩的看法相似，頗能意氣相投。後來我因公務太忙，又時常出差，難以為繼；他則因追夢心切，積極參加新詩函授，又展開種種詩的活動，我們間的接觸也就日漸減少。一九五五年他和詩人季予合出了一本《鄉旅散曲》以後，曾因工作及家庭負擔，更因詩壇紛亂、晦澀難辨，也擱筆很久，到一九七四年再重新出發。這一點，和我在詩風晦澀年代的沉默抗議，不約而同。

麥穗在一九七九年出版第二本詩集《森林》以後，詩的視野和活動，更加廣闊。迄今已陸續出版了《孤峰》、《荷池向晚》等六種。《追夢》是他的第七本詩集，收入自一九九四年以來十年多所寫的佳作。細讀全集，覺得他抒寫的題材甚是廣闊：人、景、遊歷、生活種種，俯拾皆是。現代詩人固應如此，豈能侷限一隅？麥穗觀察細微，詩心獨運，但用文字表達出來，卻是清淺自在。我同意詩人古丁所說，麥穗是「真實地寫下了他的生活」，「能隨興之所至，記錄一些自己的心路歷程，為平淡的人生增一些趣味。」很對，為平淡的人生註腳，也可雋永。讀者也不會期待每一首都是〈大江東去〉！

先讀一讀他的遊歷詩，覺得很美妙，例如〈雨中萊茵〉：

萊茵河如一條
蜿蜒在霧中的巨蟒
享受著春雨柔柔地
撫慰

雨朦朧了古堡
古堡神祕了山
山美了萊茵
在人來船往中
構成一幅流動的
畫

這首詩開端是俯視全景，繼而是身入其境，最後又變成一張壁上的風景，給人以時空變幻的歡喜。

另一首〈巴黎我來了〉，寫得很瀟灑：

一踩進巴黎
塞納河即向雙眸流來
……
當遊艇靠近非常巴黎的
亞歷山大三世大橋時
才猛然想起
該大聲宣告
巴黎，我終於來了

他在外蒙古哈爾哈林訪問時所寫的〈彩虹〉，有如此描寫：

一個策馬而過的牧童
遺落了一張彩色的長弓

用「彩色的長弓」來形容彩虹，不但形象鮮活，且又切合時地。另一首描寫加拿大的湖〈夜宿露易絲湖〉，開端四句如下：

夢中散步
也得踮起腳步
生怕踩碎這一湖
琉璃般的山水

我很喜愛作者在〈煙霧黃山〉中的一段詩：

蒼松踩著煙雲迷霧
遊走在深崖峭壁中
時而仰天長嘯
時而低首輕吟

詩人把蒼松的姿態和風聲的大小都寫進去了！樹豈能遊走？遊走的是人，寥寥幾句，把人和景都寫活了。

麥穗的遊蹤，遍及中國的大江南北，紐澳、歐洲及北美。行萬里路，寫即興詩，也是吾國詩人的一向傳統及特色。可是，他寫的親情方面的詩，也不遜色，例如其中有一首〈想起楊梅〉，讀來平易、但極為感人，第一節如下：

長眠在楊梅山上的祖父
不知道是方臉還是圓腮
童年
常隨祖母上山
只見滿山鮮紅的楊梅
圓圓的紅紅的就是祖父的印象
每當楊梅上市
就會想起長眠在楊梅樹下的
祖父　那圓圓紅紅的臉

圓圓紅紅來描寫祖父，妥貼適當。圓圓是指臉型，老年紀微胖的臉，總是圓圓的。紅紅則有慈祥的表示。而且浙江一帶老人家，每天總是要喝幾兩紹興酒，臉也總是紅紅的，我的外祖父也是給我紅紅圓圓的印象。讀著這首詩，內心立即掀起認同感。美國現代詩人霍爾（Donald Hall）所說，一首詩必須是人與人內心的溝通（Human inside talking to human inside），即是此意。

麥穗寫生活和社會形象的詩，也有不同凡響之處。如〈吃刀削麵記〉：

將鄉愁削得薄薄的
看它漫自飛舞成
寒冬白雪
一片一片地飄進
記憶中那塘小小水池

第二節描寫大蒜，剝開如一樁樁的往事，最後和著麵嚼成一腔辛辣，辣出滿眶熱淚。煞是新奇。另有一首，用採茶製茶的過程，描寫茶室女子的遭遇，題名〈阿抱〉，全詩如下：

集
雲的飄逸　霧的迷濛
山的壯麗　林的靈秀

成
片片鮮綠　葉葉清純

怎忍得將其採摘
置於粗俗的筐簍

受盡
曝　揉　烘　烤……
扭曲乾癟得不勝憔悴
還要施以
水深火熱的煎熬
連最後一絲原味
都被吸盡喝光

真所謂不著一字，盡得風流了！

縱觀這集子中的詩，用字不堆砌，用情不虛假，眼到心到，心到手到。所表達出來的，很能為讀者接受。麥穗曾說：「看不懂的詩，是在拒絕讀者。」嚴羽「以文字為詩，以才學為詩，以議論為詩」終非好詩，也是這個意思罷！

麥穗除寫詩外，對新詩發展的歷史，博引詳證，紀錄實全。詩人瘂弦稱他為「新詩歷史館館長」，頗為當的。他從年輕時開始一邊寫詩，一邊搜集史料，假如沒有一個夢想，值得他半世紀以來，日夜追求，能有這樣的成績嗎？他在一首〈背影〉裡，描寫自己，先是問：「面對蒼茫／你在想些什麼」，後來說出：

遠處一片暮靄
有你追尋美夢的痕跡

追夢得夢，可以無憾了！

二〇〇四・四・二十・於可臨視堡
二〇〇五・六・三十　麥穗詩集《追夢》序文

第三輯　談論現代詩

現代詩的面面觀與前途
——詩集《少年遊》代序

在自由創造方面，詩人和神幾賦有同等權力。而且，據說第一個創造神的，便是詩人。然則，這些「現代的神」，在一般人心目中的地位如何呢？美國名詩人兼批評家賈拉爾（Randall Jarrell）有一次在船上遇到一位旅客，當這位朋友知道他是寫詩的，就很禮貌、但並不熱心地問道：你最喜歡的美國詩人是誰？賈拉爾答稱：艾略特（T. S. Eliot）和佛勞斯特（Robert Frost）。這位教養看來不壞的朋友卻安詳地說道：我想我從來沒有聽到過他們。

在我們這個社會裡，更有多少人重視現代詩人和他們的作品呢？有多少人會回答：我聽到過余光中、夏菁的名字，也讀過他們的詩。以我個人而論，在陌生人前，我常常隱藏起詩人這個頭銜，因為這頭銜既不能使人增加一分敬意，反而，有被人誤解為怪物和不務實際的危險。假如你還年輕，最好不要告訴你新交的女友，你是詩人；否則，她和她的家庭顧慮就多了！現代的詩人，不可能因寫一首詩，出版一本詩集，而像拜倫那樣，明朝醒過來忽然成名；或是，希望讀者站在椅子上如歡迎丁尼生那樣歡迎你。你要成名，可能是因為家裡遭遇強盜；或是，如賈拉爾所言，殺死了你的老婆。

當然，詩人並不是為了要「成名」而寫詩。艾略特稱讚葉慈（W. B. Yeats）說，他對詩比他自己的名譽還關心，又說：藝術比藝術家偉大。對這一點，現代詩人均有同感。他們所關心的是作品的好壞，而不是虛名的大小。雖然，與古代比較起來，現代詩人天生的成份居多。沒有保護人制度，也不再以詩取士；現代的詩人，稿酬不足以換稀飯，空銜徒令人皺眉頭，卻有餓肚皮，遭白眼的份兒；假如不是天生，早就放棄繆思，追求財神。然而，無論如何，社會的鼓勵還是需要的。

今天，很多副刊不登現代詩；刊物雜誌願意介紹現代詩的也不多；即使我們的學府也不例外。中國文學系的學生，難得有研讀新文學的課程，遑論現代詩？如此這般，我們年輕的天才怎能脫穎而出？數十年後，變成一個沒有詩的國家，這是很可能的事。可是，不時有許多英美學者，特地達摩東來，研究徐志摩、聞一多的新詩。這樣下去，我們的子弟，終有到國外去研究中國新文學、現代詩的一天。

詩在文學中地位的重要，大家都知道。一個社會如果沒有詩，那是一個可怕的社會。人類生活中沒有詩，便淪為動物的存在。詩人以其想像力繳納他的國民所得稅，這樣還不夠嗎？然而，現代詩人及其作品的遭受冷淡與白眼，必有原因。我們不妨從現代詩，讀者，詩人，以及現代生活等各方面去尋求真正的癥結所在，從而找出它的前途。

現代詩與晦澀

一提起現代詩，就難免使人想到晦澀。晦澀好像是現代詩的同義詞。許多人聽說現代詩晦澀難懂，也就不想去讀它了。這是很不幸和不智的。事實上，所謂晦澀和明朗是相對的。沒有一首詩，讀者的反應剛好和作者的原意一模一樣，某甲覺得明朗的詩，某乙也許百思不解。這是經驗、感受、和想像力的問題。即使兩個人都自以為懂得這首詩，兩人的懂法仍有差別，不會完全相同。英國批評家瑞卻茲（I.A. Richards）說過：不經心的閱覽，使我們失去詩中的一切。賈拉爾也說過：假如我們有讀現代詩的習慣，即使晦澀也不能難倒我們；一旦我們失卻這種習慣，則明朗亦無補於事。

一般而論，現代詩一反十九世紀末期浪漫主義的作風，它所革的命，是那種告白式的情感與無病呻吟。現代詩要求向靈魂深處發掘，要求內在精神的闡明和溝通，要求敏銳的自覺，要求心靈更純粹的創造。許多以前詩人常用的題材，已被摒棄；常用的觀察方法及表達角度，已經改變。在此，先不論這種方向是否正確，它已經蔚然成風，匯為洪流。我深深地覺得，現代詩的晦澀，是對於科學文明的一種自衛和反抗。科學要求外證，要求明確，現代詩偏向內視，偏向晦澀。在這種情形之下，一個傳統的讀者，當然會感到無所憑藉，感到茫然，

晦澀是一個老問題，幾乎每一位現代詩人及批評家對它均多多少少發表過意見。艾略特認為，晦澀可能由於詩人個人的原因，使他不能用其他方法來表達；可能由於新奇；也可能由於要表達得更緊

湊，而刪去了一些讀者慣於尋思的東西。法國當代哲學家及文藝批評家馬里丹（Jacqes Maritain）則將晦澀分為兩類，一類是詩的本質上的晦澀，一類是外形上的晦澀。英國詩人及文學批評權威呂特（Herbert Read）則認為晦澀和含糊不清應該有所區別。含糊不清主要是文法上的；晦澀是想像上的。

其實，不得已的晦澀是可以同情的，作者因為有某種理由，無法寫得更清晰，或是作者力有未逮，未能將內心深處的意念，用文字很確切地表達出來等，均屬於這一類。我認為，想像上的晦澀，是可以接受的。愈是將不倫不類變為一類，愈能見出詩人的匠心獨運。當然，設想的高妙與否，在於能否抓到兩類事物的重心和共同點，否則便變成了癡人說夢。我們對於詩人憑藉其想像力將世界重新組合，以滿足其創作的目的，是應當鼓勵和喝彩的，問題在於是否誠實和適當。不誠賞、或不忠於自己的作品，是偽詩，雖然，旁人不一定能夠一時覺察出來，但終究難逃時間最後的審判。表達得不適當的作品則是劣詩。在我看來，適當是藝術的一切。適當的比喻，適當的選擇題材及字句，以及適當的割棄等等，幾乎包括了所有的創作活動，以及藝術家及詩人的修養在內。想像上的適當，可以藉一件已知的事物「使不知的成為知」（To make the unknown known）。讀者對於這種想像上的晦澀，終有透悟的一天。如果作者的想像，因並不適當而造成晦澀，但當時創作的態度是嚴肅的，則最多是一首不成功的劣詩而已，作者的嚐試和努力，還是值得敬佩的。

對於故意用含糊不清或割裂的字句，向讀者關閉「傳達之門」的作品，我們就覺得難以忍受。有許多詩人，以晦澀為時髦，誤認凡明朗的詩皆是劣詩，凡不能解的都是好詩。他們以自動語言為語言，以盡量割裂、顛倒、不通的字句為現代化的標準。這種如同夢囈、超過文字彈性的作品，便是符咒。這種晦澀，是死衖堂，是無法走得通的迷宮。馬里丹對於現代詩及現代藝術的研究，深為艾略特所崇，他曾說：「自動語言不會產生自由，只會造成分崩離析。離開了智慧的燈光，這種無意識的自動生命，根本無法反映任何『新』的事物。」在談到現代藝術的晦澀性時，他又說：「他們（指現代偉大的藝術家）逃避邏輯的理性，在意義上是指：改變它的用途，並不是將它取消。」我深深地佩服這兩句話，以自動語言為創新，以徹底捨棄理性為現代的詩人，應該三復斯言！

現代詩的緊湊、內向、敏感、深入等等，給予一般讀者的印象是比較晦澀和難懂的；但現代詩並不是故意在切斷與讀者的交通，或關閉欣賞之門，這是可以斷言的。

讀者與誤解

如果將一般讀者，作一次人為的分類，我們可以得到三類。第一類讀者，根本不讀書，尤其是現代詩。他們認為（如美國詩人恩特邁爾（Louis Untermeyer）在詩的偏見裡所提起的）詩是不正常的，饒舌或空談的，或是娘娘腔的。或者，他們認為詩是不必要的，無益的，與現代生活水火不相容的。第二類讀者，讀詩而不求甚解，態度也不認真。煩悶時讀讀古詩，高興時看看現代詩，或者索性去翻武俠小說。第三類，大多屬於年輕人，他們很認真地讀現代詩，有時自己也寫作。對於第一類讀者，可以聽其自然，也許有一天，他因情場、商場、科學的磁場上失利，需要某種心靈上的補償和滋潤，忽然對詩發生了興趣。或是由於其他機緣，如認識了一位詩人朋友；或是他的愛人喜歡讀詩，他就不再覺得詩是無益的了。第二類讀者，應該予以多方面爭取。現在什麼都講究大眾傳播，詩何獨不然？報章雜誌刊載優秀的現代詩、好的詩刊、廣播、朗誦會、電視節目等等，都可以增加並爭取此類讀者。對於第三類讀者，現代詩人本身，應特別提高責任心、同情心、和警覺心。假如，這批讀者對現代詩也掉頭不顧，沒有興趣，則現代詩的前途實在可慮。我們當前的現代詩，正面臨這個危機！雖然，這一、二年來情形較為好轉，但喜歡現代詩的，在社會上仍舊寥若晨星。

上述情形，除了現代詩人應痛切檢討（留待下一節予以說明外），讀者對現代詩的誤解，也是一項重要因素。

讀者的第一種誤解，也是最普遍的一種，認為詩必須要有一定的形式，要有嚴格的韻腳。他們對於現代詩那種篇無定句、句無定字、長長短短、參差不齊、又不押韻的詩句、認為只是分行的散文，在視覺上，無法承認它是詩。事實上，現代詩的傾向散文，向散文學習，已經活潑並豐富了詩的語言。呆板的韻腳，有時也反而使人感到厭倦。凡是稍為留意現代詩的讀者，均會產生同惑。第二種誤解，由於有一部份讀者，多少年來相信詩必須是美麗的。「啊！美麗得像一首詩。」這是我們經常聽到的讚嘆。然而，這種狹義的美，並不是構成現代詩的必要條件。因此，當他們遇到現代詩中的機智、不和諧的和諧、以及抽象的美等等，他們就無法接受了！他們認為這樣的詩句是美的：

蝴蝶跳著彩色繽紛的圓舞，
在綠楊的流蘇間穿插，迴轉。

而難以欣賞下列的詩句：

毛玻璃的三月，
冬之平面外逡巡著
太陽的銅像。

——余光中〈毛玻璃外〉

另外一種誤解，是讀者囿於「詩以言志」的小天地裡，認為每一首詩必須含有哲理，或要有所教訓。這是一種偏狹的看法。詩有各種各樣的好處，而且詩與哲學和教訓是兩件事。勵志詩一類的東西，並無多少文學價值可言。詩並不是加上糖衣的哲學。更不是哲學、神學的代替品；它有其本身的功用。現代詩可能在表達一種經驗，一種感受，一種自覺。許多詩的遭受誤解，是因為讀者過份看重詩中的思想所引起。以美人喻君王，有時實在大煞風景。

第四種誤解是因為許多讀者習慣於邏輯或合理性的探求，對於現代詩裡的許多明喻、隱喻、象徵的手法、抽象與具象交織的詩句，無法接納或領悟。因此，感到興趣缺缺。事實上，詩的邏輯與一般的邏輯不同。前者是屬於想像上的，後者是屬於推理上的。詩所表達的，並非事物的真，而是詩的真（Poetically true）。詩的世界，並非真的世界，而是做得使你相信的世界（A world of make-believe）。例如，在我〈華盛頓廣場鼴鼠〉一首，最後一段：

目瞪口呆——
我是從東方來的
一隻古典的貓。

你如果把這首詩從頭讀來，你會覺出這短短三句詩的真正含意。因為。你已進入了我所「做得使你相信的世界」，而不會覺得太突兀，甚至不通了！

當然，讀者對於現代詩的誤解還有很多（如認為好詩必須要老嫗能解等等），我只提出了上列較為普遍的四種。但有一點，必須在此加以強調，我並不將形式比較整齊有韻腳的詩、美麗的詩、巧妙地含有哲理的詩、以及根據常理所寫的詩，一律摒棄於現代詩領域之外，好詩就是好詩，我真正的意思在於說明，現代詩的表達比較自由，題材比較廣闊，它應該是一個無數色彩所造成的、光輝燦爛的圓頂！讀者固不必堅持，非用青銅不可。

現代詩人與貴族

在指出讀者對現代詩的誤解以後，現在我們應該回過頭來，檢討一下詩人自己的謬誤。

多年以來，自由中國的現代詩人中，不少在創作態度上，以貴族自居。他們高高在上，無視於讀者，更不屑對讀者有所同情。他們所追求的是絕對的自我境界，故意切斷對外的交通。他們所使用的是自動語言，認為凡能解的詩即不是好詩。因此，他們的作品，除了作者本人以外，幾乎無人能夠欣賞。最多也只能在少數友人間沾沾自喜。他們對於詩的看法，剛好和一般讀者在兩個極端上。而且，最使人反感的，即是他們把讀者都看成文盲，或沒有欣賞力的一羣；認為所以看不懂他們的詩，是由於讀者本身太蹩腳，太飯桶。然而，他們的詩，即使現代詩人讀來亦感到臨表涕泣，不知所云，他們應否反躬自省？

他們的作品，非但與讀者脫節，與現社會似亦無甚關係（在某些情形之下，他們倒像生活在沙特的法國）。在他們詩裡，既沒有一點中國人的氣息（除了用中國字以外），也沒有現代生活的影子。他們吃的是中國的飯，憂的是法國的天。我並不反對寫異國情調這一類詩，但是我反對他們這種基本態度！（例如，我這本新詩集《少年遊》，雖然多數寫的是美國的所見所感，但讀者能夠覺察，這是一個有中國血統的智識份子的聲音。）

現代文學及藝術，在我看來，頗受民主思想的影響。無論是雕塑、繪畫、小說、音樂等等，都已經不是少數幾個人的玩藝，應該是大家可以品嚐的果實。如果你願意，你也可以試著去創作。它們走的是較廣的路，絕不是牛角尖。例如，從前一個沒有受過嚴格素描訓練的人，不敢亦無法去畫一幅具象畫。但是，現在的抽象畫，你我都可以嚐試（等到你有了興趣，再從頭學素描也不遲）。現代的雕塑，可以用破銅、廢鐵，碎玻璃及木屑等等，作任何型態的安排及表達。我在西雅圖世界博覽會中參觀現代繪畫及雕塑，覺得每一件作品，似乎都在向觀眾招手說：「你也不妨來試試。」這種作品均具親和的力量，沒有拒人於千里之外的感覺。而我們的一部份現代詩，卻在嚇阻讀者；我們的一部份現代詩人，卻關起門來自封為王。這種貴族的態度，豈非太不現代了嗎？

現代詩人，非但不應該以貴族自居，也不應該再是鄰居眼中的瘋子。在外表上，他們應該與常人無異。蓄長髮，拿手杖的時代已經過去了！在內心中，他們更不應該傲視眾生（他們沒有權利這樣做），倒應該在逆境中，培養應有的自尊心。在這個月球被一擊而中的時代，人們的歡呼都轉向偉大的科學家，帶著月桂冠的現代詩人，應如何對待讀者與大眾，這是值得冷靜思考的問題，你如輕視他們，他們為什麼要來尊敬你呢？

現代詩的將來與現代生活

七十多年前，英國詩人兼批評家阿諾德（Matthew Arnold）曾經說過：「詩的前途是無量的」，那時的科學和工業，以現在的眼光看來，尚在襁褓階段。阿諾德說這句話時，似乎充滿了信心。他認為：沒有詩，科學將變為不完整。可是，隔不了四十年，瑞卻茲在〈詩與科學〉一文內卻已提到，當時一般人的意見，認為詩是沒有前途的。到了今天，無論你對於詩的信心如何，你不能否認一連串不利於詩的事實。現在，很少人能靠寫詩為生，純粹的詩刊，難以立足，中國如此，美國也如此。在新鮮的玩意兒一天比一天多的現代——電影、電視、球賽、馬賽、划水、選美等等，使人類的餘暇分屍得一乾二淨，剩下來讀詩或讀書的時間，實在少得可憐。而且，大腦感到疲乏的時候居多。除非的確具有吸引力，能燃發真正的興趣；否則，誰還願意傷盡腦細胞，來讀這些無關痛癢、晦澀難懂的現代詩呢？面對這些事實，作為一個現代詩人，不能作鴕鳥式的不聞不問。我們應該盡力予以挽救。

在古代，據說詩與科學是不分的，那便是巫術。自從科學漸漸抬頭以後，兩者非但分道揚鑣，而且對立起來。雖然，科學家和詩人在探求新境界方面，幾乎是不分軒輊的。晚近以來，由於科學的突飛猛進，使人與自然的關係，人類自身的生活，起了巨大的變化，詩似乎有難以招架之勢。我們今天看到的月亮，固然不是李白眼中的月亮，也與徐志摩所看到的，大大不同。一切變得如此快，即使我在民國四十五年（一九五六）初所寫〈星夜〉的最後一行：「永遠不肯讓你我登臨」。似已不合時宜。由於許多以前可以作為詩的題材，漸漸喪失了它的詩意。詩的外在的地盤，即愈來愈小，因此，歐美前一輩的現代詩人，主張向內挖掘及發展，並與科學走上了相反的道路。科學要求普遍性，現代詩要求獨特性。科學要求明明白白，現代詩要求晦澀。風尚所至，使我們的現代詩，走進了狹谷。

在一切要求現代化的今日，現代詩豈能與現代生活脫節？我認為所謂現代生活是一種合乎科學和民主的生活。現代詩應該一反上半世紀的態度，要向科學學習。正如現代詩已經向散文學習一樣。當科學的太陽逐漸光亮的現代，人們已漸漸不耐那種陰蔽的、猜謎式的現代詩。作為一個現代詩人，應該有面對科學、融化科學、吸取科學的勇氣和本領。美國現代詩先驅者之一克瑞因（Hart Crane）三十餘年前已經說過這樣的話：除非詩能夠吸收機械等等，使它成為樹木、牛隻、帆船、城堡、以及人類往日一切的聯想那麼自然及應手，否則，詩就不能圓滿地達成它現代的任務。我認為，現代詩人不能僅僅在詩中用幾個核子、火箭等科學名詞為滿足。他們可以向科學學習分析、歸納的方法，實驗、嚐試的態度，精確、效率的表達等等。總之，我們不要對科學加諸人類的影響，視若無睹。現代詩也不必向科學投降，或是記載科學的種種事實，而是要想方法，將它給予或可能給予我們的影響，反映於詩內。

現代生活的第二個特質是民主，對於現代詩，我們歡迎有更多的讀者前來欣賞，或參加寫作。現代詩不妨應用大眾傳播的工具，引起普遍的興趣。當然，在題材及表達方面，先要具備能夠引起興趣，或使大眾關心的條件。作者切不可孤芳自賞，以新的貴族自居。現代詩人，也是這個民主社會中的一份子，他不應該高高在上，看不起讀者。

據我所知，美國年輕一輩的詩人，已經開始他們現代詩的再革命。有些講究詩的可讀性（Readability），有些要求面向真實（Stance toward reality），也有要求神志清醒（Sanity）。自由中國的現代詩人，亦應該對當前現代詩的處境，平心靜氣，作一檢討，不要一味迷戀昔日的屍骸，沉溺過去的泥沼。窮則變，變則通，此其時矣！

我認為，如果現代詩能夠根植於現代生活，從而引起大眾的興趣，前來欣賞這株沙漠中的奇葩，則現代詩的前途，還是無量的。苟如此，現代詩人的地位，在讀者眼中，也會自然而然地提高。

一九六四・八・十八

以詩論詩
——從實例比較五四與現代的新詩

當前對新詩的看法，不外有二種。第一種認為自新文學運動以來，新詩的成績最差，而且是愈來愈差，現代的作品遠不如五四時代的好。說這些話的，不乏知名的作家或教授，這一年來，我們不難在報紙雜誌上見到此種論調，其對社會的影響至廣且大。

第二種則認為現代的新詩，無論從那一方面來看確已遠超過五四時代的作品；可惜，有這種見解的除了一二真知卓見的先輩外，大多是一批默默的詩的工作者，他們的聲音小得可憐，只有在小型的詩刊上可以發現。凡留意近來詩壇的讀者，當可以看出他們的態度非常謹慎，沒有誇大和狂妄，只有反省和檢討。

新詩的不受人重視，由來已久。證諸當前報章雜誌的不登新詩或以新詩為補白，當會有於今為烈之嘆！但詩是文學中最主要的一部份，實不容忽視。無奈很多人以舊詩的尺度來看新詩，他們腦中的新詩，最多停留在五四時代的作品，他們沒有耐心一讀現在的新詩，即大發議論說：新詩沒有成就！沒有進步！那是不公平的。若出諸一般讀者之口，我們可以原諒他們的陋見寡聞，若出諸作家教授之口，則難免有抹殺事實之嫌。

梁實秋先生曾經說過：「這幾年來的新詩，其成績已超過三四十年前的作品，此非過譽或恭維之詞。」這位五四時代「新月派」重要人物所說的話，當不無澄清作用。無可否認的，五四時代對於新詩的嘗試，功不可沒。可是若說新詩在這數十年來一無進步，那是新詩人所不敢贊同的。我們不妨拿實例來證明。

為了以詩論詩，避免先人之見，下面所引的詩句，均不註明作者，讓讀者不因偏愛或偏見而喪失了判斷力。因此，僅在最後開列五四及現代詩人的芳名，作為參考。

首先，讓我們拿五四時代的一首〈新秋雜感〉來作比較。原詩如下：

一片片，
一重重，
蓬蓬鬆鬆，
濕雲滿空。

幾朝雨，
幾朝風，

把薄薄的新秋做就，
更一分一分地加重。

雁不曾來，
燕還沒去，
卻添了幾個驚秋獨早的可憐蟲。
也非促織，
也非絡緯，
一味啼風泣雨，和人唧唧噥噥。

果然怕冷，
為甚不做一點兒工？
甘心做個寄生蟲，
也不用號寒怨凍。

這首詩，開始時秋風秋雨，接著是秋雁秋蟲。都是極為平凡的聯想；小學生作文裡的老套。至後半首忽又轉為露骨的教訓。滄浪詩話曰：「語忌直，脈忌露。」最後一段，實無詩意之可言。吾國論詩，主張詩中之理，要如花中蜜，水中鹽，體匿性存，無痕有味。所謂「現相無相，立說無說。」詩人艾略特（T. S. Eliot）亦云：「詩並非哲學或宗教的代用品」。此詩無論以新舊觀點來看，都算不上是好詩。

我們且舉出現代詩人〈初秋雜詠〉裡的二節詩來作對照：

先是我們窺見了夏的側面，
然後又悵望他背影。
繼這位酩酊的朋友而來的
是一個嚴肅的生人。

——〈初秋〉

我在園中踏著抒情的步子，
像一個忘返的小孩，
直到清秋，如一個教師，
出現在門口的石階，

——〈失樂園〉

秋天是結果的季節，秋天也教人冷靜和理智。經過繁盛的春夏，一到新秋，人類在心理和生理上，都會發生一種轉變。由酩酊而為清醒，由奔放而收斂。當秋天，以嚴肅及陌生的姿態出現在石階上，使我們猶如開學時見到一位令人生畏的新教師一般。我們每個人都有這種經驗，現在作者將秋天化為教師，抽象變為具象。使讀者有更深一層的感受。蓋愈能使不類為類，亦愈見詩人心手之妙！這豈是說教式的詩所可比擬！現代新詩人寫秋天的很多，我們再舉出下列二句，看看是否較五四時代那首高明得多！

凝靜的，秋天景物
像黑檀木的雕刻。

秋天的靜態、色調、以及透視全在這六個字中表現無遺！

現在，我們再拿「夜」作題材，比較五四時代若干知名作家及現代詩人的作品。以下是五四時代的一首名詩，作者曾以此詩作為集名：

冬夜

疏疏的星，

疏疏的林，
疏林外，
幾盞疏疏的燈。

燈火漸漸的稀少，
送來月色底皎皎，
眼光也微微的倦了。
歲已將晚，
月已將圓
人已將去此。

此詩寫景簡單乏味，不能給讀者以快感及滿足。假如沒有「歲已將晚」四字，讀者無從體味到〈冬夜〉特有的景色。我們且引現代詩人的一首〈靜夜〉，來欣賞一下：

靜夜的星空沉落在湖中——
噢，我站立的地方真合適，
也可以仰摘，也可以俯拾

那些像是藍葡萄的果實。

讓我帶一筐星子回家，
釀一壺斑斕的夜送你，
請在無星的時節
注入你寂寞的杯裏——

然後告訴我，那是不是醇郁的
如風與月色的對語；
或者是淡泊的，
如我們偶然的相遇。

起句就不平凡。第二三句給人以生動具體的印象。說明了上有星空，下有倒影的夜景，活潑而不廢詞。第二段兼寫情景，美得出奇。最後一段「風與月色的對語」，也正是靜夜所特有的。縱觀全詩，玲瓏透澈，韻味無窮。

五四時代另外二位詩人的作品〈黑夜〉及〈北河沿底夜〉如下：

黑夜

便是太陽光，也自有他
燭照所及的極限吧？
惟有黑暗是廣大而無邊。
我竭力睜開了眼睛，
但是，看見些什麼呢？

北河沿底夜

沉默的天宇，
閃爍的燈光；
暗裡流動著小河，
兩岸欹斜著柳樹。
樹們相互挽著，
在商量小河底秘密麼？

樹們挽著小河，
河裡深深地映出許多影子。
這也是他們自己麼？
是他們生命底徽象罷？

岸上的燈光
從樹縫裡偷偷進來；
照得小河面上斑斑駁駁，
白一塊，黑一塊的，
像天將明時，東方的雲一樣。
那白處露出歷歷的皺紋，
顯出黑暗裡小河生活的煩悶。

這二首詩，都在述說一種哲理；後一首想以理融入夜景，但兩方面，都沒有成功。且看現代諸詩人所寫有「夜」的詩句：

雲母石築成的大教堂
投五百株廊柱的陰影
構成莊嚴與深邃

——〈夜在呢喃〉

雨在街燈下
梳理她的頭髮
又讓海上的微風
吹開她的柔絲

——〈雨夜〉

這種具有適當想像力的描寫，將夜的莊嚴，與昏燈下的雨絲，傳神獨遠。作者已抓住了事物本身的精神，而用具體的方法表達出來，較乎五四時代的平鋪直寫，相差不可以道里計！又如另外一位現代詩人的〈夜〉：

紫晶杯中尚存著些殘酒
我是歸遲的浪子嗎？

呵！何以星子拒我於門外？
我欲叩月的門環
卻錯抓了大熊的尾巴

這首是該作者〈我打從今天走過〉中，繼〈晨〉、〈午〉、〈暮〉的一首〈夜〉。最後三句寫得新穎灑脫，也寫出了夜的神秘性，歸宿性。這種寫法不落前人窠臼，無疑是獨創的。同樣題材，現代詩人寫得超越五四者，實不勝枚舉。

五四時代某名詩人，寫過一首〈在哀克剎脫教堂前〉，在開始時，有這樣兩節：

我對著寺前的雕像發問：
「是雖負責這離奇的人生？」
老朽的雕像瞅著我發楞
彷彿怪嫌這離奇的疑問。

我又轉問那冷鬱鬱的大星，
它正升起在這教堂的後背，
但它答我以嘲諷似的迷瞬，

在星光下相對，我與我的迷謎！

接著，他聽到身邊一棵老樹的長聲嘆氣，那老樹蔭蔽著戰蹟碑下的無辜，看慣了人生的變幻。

這半悲慘的趣劇他早經看厭，
他自身臃腫的殘餘更不沾戀；
因此他與我同心，發一陣嘆息——
啊！我身影邊平添了斑斑的落葉！

此詩缺乏胡適之先生所說的「新的內容與精神」。以老樹比人生，以落葉喻嘆息與死亡。如此而已！我們不妨舉出現代詩人在慕尼黑教堂前的感覺：

聖母教堂

這是一個莊嚴的空虛
這結實的建築坐在廢墟中間
現在戰爭已經過去，所有人們都走近來

看一眼生命的嚴肅
這教堂稱為「我們的夫人」（編者註：即聖母）
像處女一樣的純潔
就如這為本地人所敬仰的
教堂，恰落在一個以歡樂聞名的城內
啤酒，幽默與歌唱，生命的溫暖
Gruss Gott……神父正在祝福
以上帝的名

第一句「莊嚴的空虛」，第二句「坐在廢墟中間」，以及最後數句，寫的都是戰爭與歡樂，真實與虛偽間的明顯對照。人類的健忘，戰後道德的式微、宗教的沒落，在這首詩中有相當深刻的描述。此與另一位現代詩人所寫的一首，有異曲同工之妙：

神祇孤零零的
坐在教堂的橄欖窗上
因為祭壇被牧師們霸佔了

寥寥數語，含義無窮，嚴肅而出之以輕鬆的口吻；教人思索而不落入說教。這需要相當的藝術手腕，誰說現代的詩人缺乏駕馭文字的能力？柏雷特（William Barrett）在〈現代藝術與存在主義〉一文中認為，衝破抽象概念的藩籬、摧毀自作多情、表現真實的情感和感覺，正是現代文學的偉大處。這兩首現代詩人的作品和前一首比較，讀者當不難有所選擇。

因篇幅有限，手頭資料缺乏，我們只能將類似題材，擇容易比較者為之。但深信仍有較量之價值。在此須特別聲明者：以上所引五四作品，並非故意選些壞詩；反之，列舉之現代作品，亦非特優的例子。凡經常留意新詩的讀者，當知此說之不謬。總之，我們認為新詩已有相當的進步，但新詩人並不以此為滿足，因為經過了四十年，進步乃應有的現象；現代新詩人頗知尊敬五四時代詩人的功績。本文之作，對真正了解新詩發展的先進及讀者，原無甚意義，對於平素忽略或漠視新詩的諸位，當不無價值。我們好比坐在行進的車廂之中，不回頭，不知道已經走過了很多路！

本文所引五四時代作品的詩人如下：徐志摩、朱自清、劉大白、俞平伯、葉紹鈞。現代詩人為：余光中、覃子豪、瘂弦、吳望堯、黃用、方思六家。

一九六〇・一・一《文星雜誌》二十七期

註：此文在一九六〇年發表時，台灣很難找到大陸的詩集。不少是根據友入的手抄本；難免有疏漏及誤引之處。現在，又因身處異邦小鎮，無法一一查驗考證。好在此文主旨，不在於用字的斤斤較量，而是從整首內容及意識著眼。請多諒解！

詩與想像力

——兼釋言曦、陳紹鵬、吳怡諸先生列舉的新詩

一

美國大詩人麥克里希（Archibald MacLeish）年前在一篇論文裡曾感慨系之地說：「我們這個社會的真正危機，即在於想像力之衰退；我們需要重新恢復這種想像的活力，遠較需要洲際飛彈、道德重整或宗教復興為迫切。」他又說：「自由的真正保衛者，想像力也。」我很同意這位前助理國務卿、現為哈佛大學教授的說法；一個人如果缺乏想像力，他只好讓別人「牽著鼻子走」。整個民族如缺乏想像力，則此民族難逃奴役之命運。以我看來，詩如果有功用的話，主要即在於培養或啟發吾人的想像力。

詩的創作，需要豐富的想像力。大藝術家的異於常人，非由於技巧熟練，能達人所不能達，實為想

像高妙，能想常人所不能想。米開朗基羅嘗云：「精於繪事者不以手畫，而以心畫。」技巧並非不重要，徒憑技巧，不能成為大家。匠人與藝術家的分別，也在於此。姜白石詩說中，也有想像高妙之句。又云：「詩之不工，只是不精思耳。」反之，讀者亦需要有相當的想像力；一位具有高度想像力的讀者，對於詩，當更能欣賞，當更能自詩中獲得左右逢源的快感。可以說，想像力是架於作者和讀者間的一座虹橋。

倫敦大學教授格雷氏（P. Gurey）在他〈詩的欣賞〉（The Appreciation of Poetry）一書中，曾經說過：「沒有想像，詩將淪為空言。」一般來講，缺乏想像力的讀者對詩的欣賞也變為不可能。當然，沒有一個人會全然缺乏想像力，也沒有一個人的想像力恰和作者一樣。想像力更不會如電燈一般，全然黑暗或突然光亮；它倒有些像破曉至正午的日光一樣，只是強弱和程度的不同。至於詩中的想像，亦有深淺之分，一種是顯而易見的，一種是比較深刻的。據格雷氏說，一首好詩決不會用淺顯、粗糙、狂暴的內涵，或以潦草、平鋪直敘的手法來獲得它的效果；而是要靠獨特的表達法，要靠烘托、含蓄、以及想像的深度來獲致。

我說想像力是作者和讀者間的橋樑，並非有意要忽略經驗。事實上，經驗之在於詩，並不若在其他文學方式來得重要。不錯，經驗有助於想像，但經驗只是想像這一華廈的地基；想像才是經驗這地基上的七寶樓臺。史班德（Stephen Spender）在一篇談創作經驗的文章裡曾表示過，一個沒有親身經歷過北極的詩人，他可以寫極地探險的種種，只要他曾受過飢寒，而又富於想像的回憶即可。

吾國論詩的所謂「悟」，用現代的眼光看來，不妨解釋為「想像力的貫穿」。滄浪詩話曰：「禪道惟在妙悟，詩道也在妙悟」。又曰：「然悟有淺深，有分限，有透澈之悟，有但一知半解之悟」。嚴羽主張多讀書多窮理，可以妙悟；柏拉圖亦有熟思而後悟之說。我認為對新詩有志而無法妙悟者，亦當三思。

我們所接觸到的社會，是一個「知」的社會；我們的日常生活、所見、所聞，也脫離不了常識的範圍，而詩所展示的，尤其是好詩所給予我們的，是另一種天地，我們只能感到、悟到，而不能用常識或邏輯去解釋。詩人艾倫・泰特（Allen Tate）嘗云：「在詩裡，本無所不可，海沸騰，豬行空……」一塊岩石上停了一隻蝴蝶，冬夜裡的一隻畫眉，一座雪林，在知的世界裡，本司空見慣，也無報導的價值。唯有詩人才能抓住這一剎那，寫成不朽的詩句。對於詩所表達的世界，要靠我們的想像力去貫穿，而不是靠邏輯。

誠如麥克里希所說，我們當前也普遍地呈現一種想像力衰退的危機。不是爭逐權利，夙夜競營，便是整日案讀，心力交瘁。對於現實及物質的過份重視，導致想像力的麻痺和癱瘓。在這樣一個環境裡浸淫日久，縱使雲雀在頂空歡鳴，也不會激起任何想像。對於需要想像力去欣賞的現代藝術，當更覺得一無憑藉，漆黑一團。偶有所發，難逃摸象之譏。

二

言曦先生在〈新詩閒話〉、〈新詩餘話〉中攻擊當前新詩諸點，已有余光中、黃用等先生予以釋疑。在此似無重複之必要。言曦先生在〈悟與誤〉裡所說：「我看了這些詩論之後，稍感遺憾的不是有一些詩人避重就輕意存以詆辱嚇阻批評，而是沒有那一位向我解釋何以是「昂首的白玫」需要「晨雲金的瓶水供養」？白玫在字義上是否可以和白玫瑰適用？「你的頭髮太濃、太短、太豈有此理了」！以這樣自由的造句態度，其造境之美何在？這些詩據說我選出來的都恰巧是佳作」乙節，我倒願意為之「解釋」。

在解釋以前，須要研究一下這幾句新詩如何會給言曦先生看上的。好像他說過：「隨意在一本詩刊上翻到的。」果真為此，則言曦先生在執筆為文以前，態度不夠嚴肅，準備也未周到。方塊文章，固須輕鬆俏皮，以吸引讀者，但此非討論學術之態度。以偏概全，遽加論斷，套一句他自己的話：「是一種殘酷而危險的事業」。言曦先生所攻擊的幾句新詩，並不「恰巧是佳作」。如是，則言曦先生倒是非常有欣賞力了！我認為他隨手拈來的幾句，並不是很好的詩，也並不太壞，但無論如何，這些詩幾乎都是自出機杼，並非抄襲了近千年還在沾沾自喜的骨董。

讓我們舉出幾句來探討一下。

言曦先生問：黃昏被寫為「下午與夜的可疑地帶」究有什麼美感？我也不知道，詩除美感以外，言曦先生還知道些什麼？杜甫的「國破山河在」，或「日暮聊為梁父吟」，言曦先生讀了後會有何種美感？是否寫黃昏一定要用「夕陽無限好」，或 "Quiet as a Nun" 才能引起美感？余光中這首「呼吸的需要」，是在去國半載，懷鄉病很重時寫的，它的前兩段錄出如下：

因我也是一棵
鄉土觀念很重的
雙葉科被子植物，

且有一定的花季。
常想自殺
在下午與夜的
可疑地帶。

一個人在黃昏時分，總有些悵惘或迷惑之感，尤其是身在異域。夕陽嵫崦、星月在天，不知是晝是夜？故國此時又不知是夜是晝？稱為可疑，固無不可。黃昏介乎下午與夜之間，本無定線，詩曰可疑，正道破了黃昏朦朧、連續不分、半明不暗的特性。心境與時間合一，可疑一句允為當的。以整首詩看來，作者之用心並不在這一句上，精華也不在此，而這句既能給予我們以恰當的聯想，奚復何求？

「你的頭髮太濃、太短、太豈有此理了！」這樣的詩句，言曦先生認為寫得太草率，太沒有造境之美，其實這句詩是表示一種憎厭，邵析文先生在《創世紀》十四期已有說明。誰在憎厭時能捨直說而為曲達？這樣的句子，並不是草率，而是合乎真情。正如有許多平時能作滔滔之談的，見到了愛人，最多能重複地說著「我愛你」而已！英國詩人約翰・鄧（John Donne）有句云：

Thy every hair for love to work upon
Is much too much

非但異曲同工，最後一行抑且神似！

瘂弦的〈巴黎〉，寫得非常成功，當我們讀完最後一段：

在塞納河與推理之間
誰在選擇死亡
在絕望與巴黎之間
唯鐵塔支持天堂

使我們感到一種沉重。寫的是〈巴黎〉，當然要用外國地名，怎可指責這些詩讀來如外國詩？作者只要感受過社會上這種糜爛的狀況，就不難想像到巴黎的情況，以之入詩，或有假託，似無不可。史班德之言，足徵採信。

死人的往事被寫為「古銅色的長方形的故事」，既無恐怖感，卻具暗示性，「古」字用得甚妙，並不見得纖巧。「仰首的白玫用晨雲金的瓶水供養。」白玫當可作為白玫瑰的簡稱。「仰首的白玫」，表示蓬勃的青春氣息。「晨雲金的瓶水供養」，似乎是「用雕有晨雲的金屬瓶來供養」之簡化；否則，太過嚕囌。本省有許多金屬的花瓶，外刻以旭日及朝霞，稱之「晨雲金的瓶」，並不會使我們感到一團漆黑！我並非意指這樣寫是很好的，但也不承認壞到無法欣賞。

言曦先生說：在象徵派詩論指導下創作的新詩「握一個宇宙，握一顆星，在這寂寞的海上」，其造境甚淺。我認為這句詩，也有相當的「造境」。在海上掌舵的人，每當萬籟俱寂，海浪喋喋之際，總有寂寞之感。這時一船的生命，均在己握，仰望星空，不無掌握宇宙的感覺。所謂「握一顆星」，乃是把握一顆星的方向前進。我想，凡在海上夜航過的人，對這句詩都會有親切之感，而不會同意言曦先生的批評。

以上是我對言曦先生所列舉若干新詩的一種解釋。這幾句遭受誤解最深，我不得不化費筆墨，稍予穿穴爬疏。其他詩句，待有機會，再行討論。我在上面已經說過，這些詩句都並不是新詩中了不起的句子，我們要說它好或說它壞，必須要有充份的理由。有人說過，任何批評都難免有偏見在內，只要能有充份的理由來支持這種偏見。

三

《文星》五卷三期〈詩的問題研究專號〉上，我曾寫過一篇〈以詩論詩〉的文章，舉出五四時代五位名詩人的作品與當前六位新詩人的詩作，以類似題材，作一比較說明，認為當代的新詩已有相當的進步。我的動機與目的，在該文裡已有明白的表示。我們頗知尊敬五四時代詩人的功績；對於目前的進步，我們也不會感到就此滿足。為了年來報章雜誌上甚多作家及教授認為現代的新詩遠不如五四時代的好，因此寫這篇文章，舉實例較量一番，希圖稍具澄清作用。對於真正了解新詩發展的先進及讀者，原無甚意義。

但在最近出版的五卷四期《文星》上，陳紹鵬先生〈由閒話到摸象〉一文中，卻有一段文章，認為拙作是不必要的。他說：「經過幾十年以後白話文運用得更熟，西洋文學接觸的較多，自然視五四時代的作品為幼稚，其實，這是時代的錯覺。夏菁先生在〈以詩論詩〉中拿五四時代的詩和現代詩比，實在是不必要的。」

陳先生對於新詩，近來似頗有研究和興趣。他在五卷三期《文星》上，對現代的新詩，也曾喝過一陣彩。但他的〈詩壇的巡禮〉對「真正了解新詩的先進及讀者」，實在也是「不必要的」。我不知道陳先生為什麼要花偌大篇幅，炫耀一番？假如大家是為了一般讀者的話，我想都不會是「不必要的」。

陳先生對於「二十世紀五十年代的中國新詩是否比五四時代的新詩進步」一節，他的答覆「自然是肯定」的，但使我大惑不解的一點，即陳先生又反過來說：「這是時代的錯覺」。為了證實他的觀點；又舉例說明實在「各有千秋」，並對五四時代的新詩前倨後恭一番。陳先生似乎認為文字及技巧用得熟練，作品一定進步。這是「技巧至上論」的觀點，我在前節已有說明。我們說這個時代比那個時代進步，這是指一個總的印象而言，並非意指這個時代中沒有壞作品，那個時代內沒有好作品；要是這樣講的話，就犯了批評上的「機械論」了。

雖然，我不明瞭陳先生真正的意思，究竟是五四的新詩好？還是現代的好？但我們仍可以對所舉的詩，作進一步的探討；我想，陳先生不會認為是「不必要的」吧！

我曾舉出當代詩人一首舊作〈初秋〉中的一段，與五四時代的一首〈初秋雜感〉來作比較。顯然地，前一首要高明多了！這一點陳先生也已默認。但他對最後一句，最後第二個字，提出異議，認為弄巧成拙。現為讀者方便起見，將這段詩抄錄於後：

先是我們窺見了夏的側面，
然後又悵望他背影。
繼這位酩酊的朋友而來的
是一個嚴肅的生人。

陳先生說「嚴肅的生人」似乎不妥，「因為秋每年一度必會來臨，它並不是生人」，「說它嚴肅則可，說它是生人則不恰當。所謂新奇，也要給人以真實之感才會動人」。我認為該詩指夏天已經過去了，由初夏而伏暑，我們袒裼裸裎地與它廝混得像老朋友一樣。秋天則剛來，陌生得如見生人。這是對季節的一種相對的說法。陳先生說秋天每年一度，並非是個生人。這是用常識去判斷新詩的結果。我認為陳先生這話說得一無詩意。照他的看法，則陽光之下豈有新事？每天吃飯睡覺，立正稍息，人生尚有什麼意義可言？對詩人而言，每一天都是陌生、新奇的，更不要說換季！

五四時代的一首〈冬夜〉，起首有下列四句：

疏疏的星，
疏疏的林，
疏林外，
幾盞疏疏的燈。

第二段中有「歲已將晚」一句。我認為此詩簡單乏味，如無「歲已將晚」這句，讀者無從體味到「冬夜」特有的景色。陳先生不同意我的看法，認為一開頭的疏星、疏林等「寥寥數語，勾出一幅美麗的圖畫」。看來，陳先生的想像是很容易滿足的。事實上「疏星」、「疏林」，確非「冬夜特有的景色」。久居臺灣，陳先生也許忘了大陸上很多地方，到了秋天已是「落葉他鄉樹」或是「楓葉落紛紛」了！而且寂寞也非冬夜特有的感覺。莎士比亞所用的bare，亦非「疏」的意思；後赤壁賦「霜露既降，木葉盡脫」也不是「疏」的意思吧！

近人這首〈靜夜〉，讀來的確韻味無窮，我也照錄它第一段：

靜夜的星空沉落在湖中——
噢，我站立的地方真合適，
也可以仰摘，也可以俯拾
那些像是藍葡萄的果實。

陳先生說，〈冬夜〉是寫意畫，〈靜夜〉如工筆畫；前者是淡粧的美人，後者是濃抹的少婦。前者自然，後者匠氣太重；不知陳先生所說〈冬夜〉一首，寫意的「意」字何指？美在何處？以想像的貧乏，稱為「自然」？使我懷疑，不是欣賞力有問題，即是別有用意！他所建議的將「淡泊」改為「淡淡」，是「說文解字」之見，對詩意只有破壞，並無補益！

從陳先生大作〈略論新詩的來龍去脈〉看來，遠引近徵，頗有研究。對當代詩人的新詩集，也讀了不少。但陳先生對〈初秋〉一首中「酩」字被手民誤植為「酩」字，〈靜夜〉中「斑斕」被誤植為「斑爛」，獨不能核對原作，而遽施攻擊為「我們不該將不妥當的字當為新奇」，實有失批評家的風度，難免有「吹毛求疵」之嫌。詩人作家即使有些微筆誤，作為一個真正的評論者，應自大處著眼，不以小眚掩大德。否則，就在陳先生的近作裡，winter bare印為winter hare或 as painting is silent poetry 一句之誤譯，有人就大做文章，捨本求末，予以攻擊，可乎？

四

《自由青年》廿三卷五期上，吳怡先生寫有〈灌溉這株多刺的仙人掌〉一文，涉論甚廣，態度不失中正和平。對諸般論點，本文不願有所申述。但對吳先生所不解、所誤解的瘂弦的詩句，我頗願試圖解介。

瘂弦這首〈倫敦〉，原載於《文學雜誌》五卷四期。為讀者方便起見，抄錄如下：

弗琴尼亞啊
在夜晚，在西敏寺的後邊
當灰鴿們剝啄那口裂鐘

我乃為你凶殘的溫柔所驚醒

想起這時費茲洛方場上
一盞煤汽燈正忍受黑夜
乞丐在廊下，星星在天外
菊在窗口，劍在古代

我的弗琴尼亞是在床上
咀嚼一個人的鬍子
當手鐲碎落，楠木呻吟
蓆褥間有著小小的地震

你的髮是非洲剛果地方
一條可怖的支流
你的臂有一種磁場般的執拗
你的眼如腐葉，你的血沒有衣裳
而當跣足的耶穌穿過濃霧

去典當他唯一的血袍
我再也抓不緊別的東西
除了你茶色的雙乳

這是夜，在泰晤士河下游
你唇間的刺靡花猶埋怨於膽怯的採摘
乞丐在廊下，星星在天外
菊在窗口，劍在古代
弗琴尼亞啊，六點以前我們將死去
當整個倫敦躲在假髮下
等待黑奴的食盤
用辮士播種也可收獲麥子

在題目下，作者又引了D．H．勞倫斯的話：「我是如此厭倦猛烈的女人們了，跳著一定要被人所愛，當無絲毫的愛在她們心中。」

這首詩整個用男人的口吻描述男女在夜間的一段罪惡、一段過程。由於作者的高明，讀來非但不覺得輕浮，反而感到很嚴肅。我始終覺得，吳先生所不解的兩行「乞丐在廊下，星星在天外，菊在窗口，劍在古代」，在這首詩裡，有它特殊的功用。假如沒有這兩行，此詩將大為減色。

一個人在此情此景，難免不會受良心上的譴責。然而又沉緬於現實，無法自拔。乞丐雖在廊下，我顧不得予以援助或同情；星星反正遠在天外，不會燭照到我的罪惡；那象徵貞潔、友誼的菊花，雖近在窗台之上，我也顧不了許多。正義及榮譽之劍，屬於古代、屬於我的祖宗，對我目前的狀況，也起不了什麼作用。雖然如此，我還是不能釋然於懷。

這四句，除了在涵意上具有深刻的想像力外，在文字及章法上，也有獨到之處。乞丐是現實的、眼前的；星星則是遙遠的、象徵的；菊所代表的是一種抽象的意義、也是陰柔的；劍則含有陽剛、具象的意思。虛、實、遠、近，互為配合，「組織成一個調和的印象」（余光中先生評語）。我認為這兩行詩的二個重複，是過程描寫中的一段插曲；現實中的一段飛揚；喜劇中的一段悲劇；樂曲中的一段變調；沒有這幾行，整首詩將失諸單調。並不若吳先生所引某批評家的話：「掩蓋矯造，使魚龍混雜而莫辨。」更不是吳先生隨手寫的幾句，所能效顰。

這首詩的其他優點，本文不再贅言。吳先生說：「一個念文學系的大學生，居然讀不懂新詩，該是何等的荒唐啊！」大有商榷之餘地。不是所有的新詩都是讀不懂的；也不是你讀不懂的詩就是壞詩。柯勒基（S. T. Coleridge）嘗云：「有許多好詩，我們只能大概的意會，而無法完全的瞭解。」欣賞能力與學問無關，也與大學教育無涉。司馬相如畣盛覽曰：「賦家之心得之於內，不可得而傳。」要之能多讀新詩，多加思索，則想像力終有貫穿文字障之一日。

五

藝術貴乎創造。新詩只有短短數十年的歷史，那種一往直前嘗試及創新的精神，非但無可厚非，實應予以鼓勵。論者如拿這幾十年、或以在臺灣這十餘年的成就和幾千年舊詩的精華去比，那是極不公平的。我想新詩人不至自大到以為已超越了李杜，（假使有這種志願，誰又能說他們不對，為什麼他們不能超越前人？）我們如以整個來看，臺灣這十餘年來，新詩確已有了顯著的進步；鼓勵不及，何忍用種種方法予以扼殺？文藝復興是由於當時有一個鼓勵實現每個人夢想的環境。新詩人如果自暴自棄，欺世盜名，其作品終將難逃永恆的評判。艾略特（T.S. Eliot）曾說過，詩的用處有二，一可保持人類的想像力，二可保持語言的彈性。當前一部份新詩人，偶而拋開了文法的常軌，實現艾氏所說的語言的彈性，實在是無可譴責的。想像的自由與夫創作上的自由，本是不應受壓迫或抑制的。有一位青年寫詩朋友來信說：寫詩不能換取麵包，卻要動輒得咎或受累，真是太不值得。如果，不幸而被某先生言中，淪為「三五十年後沒有詩人的國家」，這究竟是誰的責任？

一九六〇．四．十六《自由青年》二十三卷八期

詩辯——一幕短劇

地點：臺北市內某刊編輯寓

日期：一九五九年文藝節後一日

人物：編輯一，詩人一，讀者（大學文學系學生）一。

編輯：文藝節過了！今天讓我們來冷靜檢討一下：目前新詩的創作、傳達以及讀者反應等等問題……

詩人：詩人都忙於找出隱藏在事物背後的真宇宙，至於讀者的反應如何？不是我們所能顧及的！

編輯：這是值得討論的問題。在一個刊物或編輯的立場看來，讀者是我們的生命。

學生：這確是個嚴重的問題。目前在若干詩刊上流行的作品，大多是無從欣賞的。不要說社會上一般的讀者，即是以我們這批學文學的同學來講，他們因為不懂，也就對詩沒有興趣了。

編輯：所以特刊及詩集的銷路奇慘……

詩人：問題不在詩人。讀者的努力不夠，沒有耐心，或他根本不想讀詩，寧願花三倍於詩集的價錢去看一場低級的電影，這都是原因。詩人不能降低水準去迎合大眾，我們也不屑去寫「告白式」的那種初期的新詩。

學生：倒不是這個意思。我所講的是指一般有能力了解，也很想讀詩的讀者，也同樣遭遇了困難。雖然，有些教授輕視當前的新詩，認為還是五四時代的好；但我們的眼睛是雪亮的。說新詩沒有進步的人，他（或她）們不是有偏見或忽視，就是根本不了解新詩。這原是不足道的。但我們所要求的，要詩人從他內在的潛意識中，開一條道路走出來，不要自己錯失於迷宮。詩人要做到，讓讀者見到筍尖，即可意識修竹的成林。

編輯：這譬喻很好。讀者無法自一堆廢紙中見出竹林。這是表達的技巧問題。一首成功（我們且慢說偉大）的作品，每一行，每一字，應有其必然性；應具有足夠的暗示和關聯。經濟而不害完整，含蓄而不失晦澀。使讀者有探幽之趣，而無窮途之哭。

詩人：詩，天然有其晦澀性，有其朦朧之姿。一首詩的全然了解幾不可能。例如詩人之寫一隻貓、一棵樹、一匹獸，可能是寫他的愛人。寫當時的心境、或寫他自己。

學生：這中間還是有脈絡可尋；表達成功的作品，逃不過敏感而有修養者的眼睛。只怕作者自己把握不住兩者之間的共同精神、或故弄玄虛、或根本作偽，那就無法欣賞了！

編輯：這又牽涉到詩人本身的問題上來了！詩人如具有宗教般的熱心，高妙的想像力，澈底的感悟性，忠實的表達法，則其寫出來的詩作，自有一種偉大、感人的光耀。

詩人：詩人在開始創作的剎那，只驚喜及激動於一個光芒萬丈的新太陽，其他的一切，在那時，他是看不到和想不到的……

編輯：可是，他得冷靜下來，把它把握住。

詩人：（打呵欠）是的，但他並不是為了任何人。

學生：也是為了一切人：你、我、他以及無數尚未出世的人。否則，發表似乎是多餘的事情。

詩人：……

（辯論還沒有終結，詩人已閉目睡去。作為主人的編輯只能向學生作一個鬼臉，表示今天不得不就此終場。）

一九五九．五．十六《自由青年》二十一卷第十期

從一首詩出發

——並呼籲詩人應獨來獨往

各位寫詩的朋友：

我知道「海洋詩社」已經很久了！我的詩或短論也曾在貴刊上登載過。今天有機會和各位見面，好像是和多年通訊的老朋友見面般，一半熟悉；一半陌生。我到這裏來，還以為王憲陽——海洋以前的編輯——會坐在第一排，像一個大二的中堅份子。事實上學校的詩刊，像火把一般，一班班地傳遞下去。每過二、三年換了一批新人，注入了新的血液。不像我們社會上的詩社或詩刊，總是這幾個老名字，這幾張老面孔。到你們快畢業時，自己的詩已寫得有些成就。看到低年級的還在入門，還在牙牙學語，心中真是又喜又驚；暗想這根棒子如何交得下去？但你們終究要交下去——除非你願意留級。

畢業以後，有的對於早年所寫的詩，覺得臉紅，就此停筆。有的一直勇敢地寫下去。上帝給你一句句子，其餘的要靠你不斷去角力。惟有持久者才能得到永恆，然而，要持久也不容易。

我從前曾經說過，作為一個現代詩人的確很不容易，須不斷地有新作發表，且要推陳出新，後來居上。每隔三數年要有新集問世，因為觀眾很容易健忘。有人攻擊現代詩，還要挺身出來辯護。因為新詩也好，現代詩也好，在我們這個國家，還沒有到普遍為人接受的程度。但是從另一方面來講，這也是一個千載難逢的時代。新文學到現在只有五十年的歷史；在新詩方面，還沒有出過像李白、杜甫那樣的大詩人，壓在你頭上。我們的詩，還有立刻譯成其他各國文字的機會，可以引起國際間的注意和欣賞。我以為，我們這個時代，應該是可以產生好詩的，只要客觀環境允許我們的話。

在七年以前，我曾經寫過一首詩〈空樽〉，收在我的集子《石柱集》中。這首詩，並不是什麼了不起的作品，只是表達我多年來的一種想法。現在，我將它介紹給大家：

空樽

我們飲酒
以空樽。
年歲的流質易溢出，
舉杯罷！
憂鬱。

飲太白的酒太陳。
飲Eliot的雞尾酒太澀，
飲倣製的紹興酒容易懷鄉。
現在懷鄉是癌症。

這是一個空樽的時代，
且飲我們的憂鬱罷！
舉杯！

在這首詩裏，我以「酒」喻詩，以「飲酒」來比作寫詩，以〈空樽〉來象徵這個時代，這個苦悶，憂鬱，無所憑藉，令人徬徨的時代！任何東西（包括詩在內），舊的標準已經不適用，外國的標準不能連泥帶根的移植過來，而自己的新標準還沒有建立——也許，就要靠我們來建立。然而，現實的環境又如此，一年又一年，我們還在這裏，教我們如何能不憂鬱，不傾吐憂鬱！

我以前也曾說過，每個人的一生中，總有一段時期是詩人。對的，When I was one and twenty，這世界的一草一木都在向你微笑。後來又加上戀愛，妙極了，使人生格外有趣。但是，當你到了中年，不能老是寫蝸牛啊，蚯蚓啊，愛情啊，表妹啊！你的眼界一定會擴大到整個時代，整個宇宙，整個生死上去。這是一個很危險的時期，我稱它為「詩的更年期」。如果環境允許你大膽地寫，你可能安然渡過這個時期，可能愈寫愈好。如果不允許，你也許從此停筆，變成Literary dead。如果你陷入哲學或宗教的泥沼，則作品可能愈來愈枯燥而無生氣。很多詩人，在江郎還沒有才盡前，生命已到盡頭，未嘗不是一種很好的安排（但這是上帝的安排，由不得你）。

寫詩，原是一種無窮盡的冒險（Endless advantures），自作自受的吐絲和作繭。具有「從血液變成墨水的痛苦」（The pains of turning blood into ink）。從心頭到筆頭，看來如此接近，實在何止十萬里。寫一行詩，可能要幾天；一首詩，可能醞釀、磨煉了幾年；寫出來，可能還沒有稿費。奧登（W.H.Auden）曾說過，詩人都不懂得錢的價值；一首詩寫了個把月，拿到十磅，覺得很不錯，其實他只要花一天，在報章雜誌上寫一篇，可以拿到一百磅。他為什麼要寫詩呢？我想，最好的回答是——他是一個天生的詩人。

人的生存，除了滿足生物的要求：食物，睡眠，性以外，還有一種，就是要滿足自己創作上的要求。創作是人類進步的原動力，也是使人生美化的一種活動。一個詩人或藝術家，如果真正是天生的，他內心創作的要求也愈強。他如果不把它寫出來，就會覺得難過。你們不妨用這個尺度來衡量一下自己，看看你是否詩人胚子？然而，要寫出好詩，單有衝動還是不夠。技巧、生活、修養都是很要緊的。

要寫出好的現代詩，似乎更難。目前的世界，瞬息萬變，速度是愈來愈快。李杜的那個時代，相差一個世紀可能在生活方面不會有什麼變化。現在，我們卻不知道二十年以後，世界及宇宙會變成什麼樣子？詩人應該站在時代的尖端；然而，他們今天如果沒有豐富的知識，沒有深切的體驗，他們只會感到茫然。我很同意奧登的看法，大學只能偶然造成一、二個詩人，自我教育，最為重要。你們也不要太理會批評，尤其是三腳貓式的批評，只有束縛創作上的自由，很少能指出真正的方向。詩人非池中之物，非籠頭之馬，只要忠於自己的感受，大膽地寫，不要去理會在空中亂舞鈍斧的人，也不要去理會他們時髦的口頭禪。詩人應該要獨來獨往！

因此，我在這首〈空樽〉裏暗示，既不要抱殘守闕，也不要一窩蜂的學時髦——例如晦澀。

提起晦澀，七、八年來，在自由中國像流行性感冒一樣的盛行一時。寫詩的人，幾乎沒有一個敢對晦澀說一個「不」字，那時，有很多句子，像：

> 受戒日，予木然南向北望之姿，
> 且惑然地一笑以嫣然之死亡。

當然，這兩句是我杜撰的。但你們可翻開早幾年的詩刊或詩集來，你們可以發現很多類似的句子，使你迷失了方向。這種遺風，到現在還可以找得到。那時，很多詩人主張：詩是不可以朗誦的，不可以明白的，不可以了解的，甚至不必要讀者的。這種晦澀的時尚，在那時的歐美，已經不新鮮了，我們只是拾人唾餘而已！

我在民國四十八年（一九五九）二月的《藍星詩頁》第三期上，曾經討論到晦澀，預見它對於詩壇帶來的反作用。曾主張在表達方法上。提高詩的密度：「本質多於技巧的玩弄，內容多於文字的裝飾。」並預測二十世紀後半世紀的詩，將以明確清晰為特色，用字經濟，結構嚴密，表達明晰，一反晦澀之風。當時，我寫這一段話，是處於眾叛親離的狀態，只好用了另一個筆名：「李淳」，來代替「夏菁」，暫時隱避一下。

可是，等我第一次去美，所接觸到的，呼吸到的，使我的信心更為加強。美國詩人獨來獨往，自由創作的精神，給我的印象很深。他們的環境和教育，使他們不盲從，不附和，不相信有所謂「權威」。那時，我在國外寫詩，也完全擺脫了國內的這一套。你們在詩集《少年遊》中，可以看到我的主張和風格。一九六五年我二度去美，美國詩壇反晦澀之風，更加明顯。我現在以Robert Watson在一九六四年American Scholar秋季號上所寫的一首"Lines for a president"作為例子，（不錄，但略予講解）這首詩寫得非常簡潔，具象，生動；經濟而不失含蓄，敘事而無害抒情，可以作為現代詩的樣本來看。

各位詩友，最近自由中國詩壇上有一種好現象，即是年輕人對於詩忽然熱心和關切起來，沉悶了幾年，今年特別顯得有生氣。詩的朗誦或演講，各校也一再舉辦。對於我們無疑是一種鼓勵。若干詩人的作品，均有一種新趨向，顯示一個新的時代即將來臨，讓我們彼此勉勵：忠實的寫，大膽的寫，作一個獨來獨往的詩人！

一九六七・四・七台灣大學「海洋詩社」講詞

老當益壯的佛勞斯特

一

當今美國最老的一位大詩人，要算是羅勃特‧佛勞斯特（Robert Frost）。他生於一八七五年[1]三月廿六日，迄今已渡過他第八十四個生日。以他目前的狀況看來，真是「老當益壯」！

佛勞斯特有一次對人說，他童年時體弱多病，家裡的人不以為他能長大，「他們說為什麼要花時間和金錢去教養一個不能長大的孩子？所以我從未好好地受過教育。」這位年輕時曾患有肺病，且一度為嚴重的肺炎所侵襲、看似無法復原的詩人，他現在的健康和精力卻是驚人的。

[1] 那時的書刊都寫明他是一八七五年生，後來才知道他生於是一八七四年。

今年三月間，《星期六評論》和《展望》的機位編輯和記者到佛羅里達的邁阿密（Miami）去看他的時候，這位年已耋耄的農夫詩人還領他們到自己的二畝菓園中去觀賞。他說：

這是一棵天然生的
巴爾麥棕櫚。
他們以為是一株野草。
他們希望我答允砍掉它，將此地清理，
但我願意將它保存，
我喜歡野生的東西。

他不但與賓客滔滔而談，且一直談至午夜；創作經驗、對詩的看法，童年趣事等等都是他談話的資料。怪不得詩人兼批評家雪阿笛（John Ciardi）稱他為：「我們這代最健談者之一」了。當然，這是一句雙關語。

佛勞斯特成名也晚。這位年輕時做過鞋匠、鐵工、農夫，直到不惑之年在英國發表了《男兒的志向》和《波斯頓以北》後才崛起文壇的詩人，可以說是大器晚成。一九一三年的某晚，佛氏在爐邊翻閱自己廿年的心血（其中沒有幾首曾經發表過），忽然有將它出版的念頭。他回憶說：「當我第一本詩集出版時，有人對我說，你必須每年出版一本才能保持名聲，我答稱，每七年如何？」佛氏自《波》集以後，幾乎每七年出版一本詩集，在不到第二個四十年內，繼續出版了六本。其中四本先後獲得了普立茲詩獎，在他七十五歲高齡時，他的全集（Complete Poems）又獲得了國家文藝學院的金牌獎。但他還是一直不停的工作，最近當記者往訪時，他和女秘書摩禮遜夫人（Mrs. Theadore Morrison）還在趕一本詩集呢？他說：「這本大約有一百多頁，我約七年出版一本，有些太單薄，這本則較厚。因為此次已超過七年，我應當有較多的詩收入。」言下大有不服老之意。我們深盼這本詩集將帶給他更高的榮譽。

二

除創作外，佛勞斯特近年來非常活躍，聲譽也日隆。他經常出現在電視上，巡迴各地講學，幾乎已老少咸知。他也常去國外，造成國際間的令名。一九五四年夏，他代表美國政府去巴西祝賀聖保羅大學成立四百周年紀念。三年後又往英國牛津及劍橋接受榮譽學位（迄今已接受了四十餘個之多）。並在英國各地講學，所到之處，情況熱烈，擁擠不堪，英國作家及詩人曾予以盛大歡迎。他的詩友，曾得諾貝爾獎金的艾略特（T. S. Eliot）在席間曾舉杯大為頌揚。佛氏最早的一本（私人印刊）詩集〈曙光〉，拍賣時，為某一收藏家出價美金三千五百元購得。

去歲，佛氏被任命為國會圖書館的詩學顧問，其地位有些像英國的桂冠詩人。有人問起他工作情形，他說：

「我不須常年留在華盛頓，但我每年須去四個短時期。每次約一個星期。本年度我已去過三次，還有一次要去。在那邊的幾個星期非常繁忙。每天辦公以備咨詢並接見各色人等。其次是參加集會和公開演講。有一次我為附近中學內選出來的學生及其教師演講。為國會圖書館的來賓也講過一次。這次回去後還要演講九次……今年是忙碌的一年，除國會圖書館的四個短期外，我還要訪問二十多個大學……我喜歡到各校去跑跑，但我不願意匆忙得到處所講的題材都是一樣。」

他到愛奧華大學的情形，現在該校深造的余光中先生於上期本刊曾有生動的報導。

佛勞斯特為大學中學生講詩以外，有時他還去小學上課。當《展望》記者去訪他時，佛氏帶記者到附近小學內上了一堂。他對這批十歲左右的學童說：「我讀一首我的詩，你們將它寫在卡片上。……詩的困難在於聽的人不能將它正確地寫下來。……詩必須要有節拍，讓我們先從童詩『鵝媽媽』開始……。」然後這位白髮蕭蕭的老詩人和這批學童手舞足蹈地念起來。最後他讀了自己的一首《雪夜林畔》，學童們很正確地聽寫在卡片上，他非常滿意，閱後為他們一一簽名留念。

三

佛勞斯特的詩樸實無華，但深寓哲理。甚多詩，如一句句分開來讀，往往覺得平淡無奇。連成一起看，才能發覺它的妙處。他善用活的口語入詩，又講究節奏，讀來使人有無比親切之感。佛氏寫過各式各樣的題材，但對於自然以及農村中的事物和生活特別愛好。通過了他自身的經驗和智慧，他的詩豐富了人生。他能從平凡中見出真理，芸芸中洞鑒人性。詩人兼批評家賈拉爾（Randall Jarrell）嘗云：「沒有一個當代詩人能寫人類的日常活動如此地好。」詩人恩特邁爾（Louis Untermeyer）也說過類似的話，他認為佛氏的機智是根植於泥土中，而不像那些書呆子似的哲學家。

佛勞斯特自稱是寫實主義者，但他是一種馬鈴薯刷淨了的寫實主義。佛勞斯特喜寫田園，但他不是一種膚淺，逃避的田園詩人。他主張「一首詩以引人入勝為始，以賦予智慧為終」。又說：「以部份暗示全體」，「藝術家所需要做的，唯舉例而已」！他的詩，往往是一種耐人尋味的隱喻，而不是令人枯燥的說教。像在〈補牆〉一首中，主要有兩種思想：

我們根本不需要牆。
好籬笆造出好鄰家。

這是兩種不同的觀念和信仰，兩種哲學，但作者似乎是肯定了後者。在〈小鳥〉一首中，起初他討厭「整日價在屋旁鳴叫」的小鳥，欲驅之而後快。最後，他卻這樣寫：

當然這也是悖於情理，
要想使任何歌聲都沉寂。

人類的侵略性需要抑止，容忍才是最基本的民主精神。在一首〈黃金的灰塵〉最後一節，他這樣寫道：

我們像側身於黃金的國門：
吃喝全離不了黃金的灰塵，
我是孩童中聽說過的一人，
「一生必定要飽嘗黃金的灰塵。」

這種寓嚴肅於輕鬆的寫法，使人很容易接受，不同於一般生硬的哲理詩。在〈故鄉〉中，有如下二行：

山推開我們從她的膝邊，
現在她的腿彎已樹木長遍。

一種對故鄉的親切的流露，時光的不再，使人讀後低徊不已！

佛勞斯特是樂觀的，他正視物換星移和新陳代謝，而無怨嗟。在一首〈闊葉林中〉，他寫「枯葉必定要遭受輪迴，落下來變成黑沉沉的朽敗」。「它們一定會被花芽頂穿，並置身於她歡舞的足畔」。最後，他寫——

雖然這是另一個世界，
我知道我們的也是一般。

這與另外一首雙行體，有異曲同功之妙：

老狗回頭吠而站不起身，
我能記得他小時的情形。

佛氏有許多佳句，已被美國人引用得成為諺語，諸如：「家是當你不得不回去時他們不得不收留你的地方」。「事實，是勞動者最甜蜜的夢想」。以及「人工作在一起，不管他們是並肩，或不在一起」等等。當然，佛勞斯特的詩不全是這樣，尚有其他各方面的成就。但這類充滿高度智慧的詩句，使他成為詩人中的哲人。

四

普林斯敦大學教授湯普生（Lawrance Thompson）在一篇祝賀佛勞斯特今年生日的文章裡，曾述及在十年前，大家在祝賀佛氏七十五歲華誕之餘，都希望他能從此退休，讓他歸隱佛羅里達或佛蒙特的農莊上去頤養天年。但是相反地，這十年來佛氏獲致了更多的成就。不但帶給他本人以更高的榮譽，也帶給了美國以光榮。湯普生特別強調為何近來大家對這位老詩人顯得特別熱心？答案之一乃是際玆舉國徬徨、疑慮不定之季，唯有佛勞斯特給人以堅定、樂觀，和自信。

的確，他的一生無論在身心、感情和精神上均遭受過不少困難，但他始終自信、樂觀；能夠克服困難，一步步地達成他的目標。正如他在第一本詩集第一首最後二行所作的預言一般：

> 他們永不會發現我和以前有什麼改變，
> 只有更確信凡我所想的全是真實。

對於佛勞斯特，譽毀都不能使他的為人和作品有所影響，和哈代（Thomas Hardy）一樣，佛氏年輕時所採的風格，一直到老，毋須更改。他那種深摯的信心，沉潛的力量，都像是與生俱來。

雖然已屆八十四歲的高齡，他的創作和作為一個「詩的發光體」的工作卻從未間斷。他說：「我們並不是逐日或逐月工作，我們是整年地工作。」他似乎已拒絕衰老和死亡。正如他在〈廢墓〉一首中所寫：

我們很可以變得俏皮
向墓石說：人類對死亡已厭，
且已永生不死，從現在起。
我想它們會信此謊言。

這位老當益壯的詩哲，他的滿頭銀絲，正好比皚皚的峰巔，輝映在新大陸萬千眾生的心目之中。

一九五九《文星雜誌》第二十期

不斷開闢新境界的美國詩哲：佛勞斯特

一

去年三月二十六日，美國詩壇的元老羅勃特·佛勞斯特（Robert Lee Frost），在他八十八歲的生日又出版了一本新詩集《在開闢的林中》（In the Clearing），頓時引起全國的轟動。這是他第九本詩集，收集了十五年來的詩作共三十八首。出版以後，一直為時代周刊列為全國十大暢銷書之一，歷時半載之久。

在這本詩集出版前後，美國各大報章雜誌曾紛紛推譽及介紹。《生活雜誌》以佛勞斯特的近影為封面，並以九頁篇幅刊載他的新詩七首。認為他在耄耋之年，依舊創作不衰，實乃史無前例；並稱這本詩集的出版，不但是詩壇上的盛舉，抑且為全國的新猷。《大西洋雜誌》也有一篇專文介紹他的新集，稱他「比許多年輕的詩人更屬於這個時代」。而在第三十八期圖文並茂的豪華雜誌《智慧》上，除用他作為封面外，尚刊登四幅照片、一篇專文、二百數十則嘉言雋語。文中推崇他對國外及現代詩的影響比惠特曼還來得大。《星期六評論》，則由名詩人雪阿笛（John Ciardi）執筆介紹。他認為佛勞斯特不但是屬於美國的，應該是屬於世界的。並稱路易士、賽珍珠等都得過諾貝爾獎金。而這位美國現代詩的先驅者，卻從未得到；瑞典的審查老爺，眼力大有問題。此外，如《時代周刊》、《紐約時報》書評，《紐約先鋒論壇報》、以及《美國新聞及世界報導》等，或訪問、或介紹；大有一人出書，萬方同慶之象。

其實，佛勞斯特的聲譽，由來已久，並非自今日始。他先後曾得過四次普立茲詩獎，最早一次在一九二四年。他亦得過無數榮譽學位及頭銜；擔任過美國國會圖書館的詩學顧問。尤其是在甘迺迪總統一九六一就職典禮時，被邀朗誦詩作；這是對詩人的最高崇敬，也為美國歷史上僅有的例子。

佛勞斯特的確是名至實歸。在他長長的七十年的創作生涯中，他始終努力不懈，與時俱進，也始終屬於這個時代。當他在一八九四年第一次發表他的〈我的蝴蝶〉時，艾略特、勞倫斯、喬艾斯，以及龐德的文學生涯尚未開始；福克納和海明威尚未誕生。那時，現代文學猶未萌芽，美國詩壇缺乏新聲，時至今日，佛勞斯特的思想，和開闢美國新境界的領袖甘迺迪，仍屬同一個時代。難怪，他數年前在以色列訪問，當有人問起美國文化的演進時，他說，我就是美國文化。

二

佛勞斯特於一八七四年三月廿六日生於舊金山，十歲時父歿，全家遷返東部麻省的勞倫斯鎮。十四歲時對詩已發生興趣；次年，他的作品在校刊上發表。弱冠時，他在全國性的雜誌《獨立》上發表第一首詩，獲得了十五元的稿費。他母親深以為榮。祖父則坦率地對他說：「沒有一個人能靠寫詩為生；但我讓你試寫一年，如無成就，必須作罷！」這位二十歲的青年卻回答：「給我二十年！給我二十年！」二十年後幾乎在同一個月內，他出版了第一本詩集〈男兒的志向〉（A Boy's Will）。最妙的，他後來是美國唯一能靠寫詩為生的詩人！關於他早年的情形，最近有人去訪問他時，他說：「我小時候對棒球很有興趣，家裡深怕我浪拋一生去作一個投手。後來，又怕我浪費一生去作一個詩人。」他很幽默地笑一笑道：「他們是對的。」

中學畢業以後，佛勞斯特只讀了兩個月的書即回家代替母親執教。同時擔任編輯工作，以補家用。在這以前，從十二歲起，他曾在一家鞋店，以及工廠做工。也曾在農田操作。他在二十一歲時與懷特女士結婚，次年產一男，取名艾略特。一度他入哈佛大學深造，但也只讀了二年。

雖然他祖父對中途輟學一事，頗感失望。但仍舊將紐漢普雪爾的一塊土地給他耕種。從二十六歲起，佛勞斯特開始過著農夫的生活。這時，除太太鼓勵他寫詩以外，周圍的人都表示並不欣賞。他的詩稿，也很少有機會發表。到了一九一二年，他出售這塊荒蕪的農場，帶著妻子及四個小孩，前往英國另闢天地。

在一九一三年某晚，佛勞斯特坐在爐邊翻閱自己的大疊詩作，其中沒有幾首曾經發表過。但他手中所握的，正是二十年來的心血！他想到或許有人願意出版，就試投一家出版商，總算如願以償！出版以後，為英國詩壇所矚目，並譽為具有「革命性」。第二年，又相繼出版了《波斯頓以北》（North of Boston）。

佛勞斯特成名也晚。當他出版這兩本詩集時，已經是四十歲了！但這兩本詩集，帶來了大西洋兩岸的歡呼。美國老一代年高德劭的學者霍威爾斯（Willam Dean Howells）以及年輕的新銳詩人龐德對他均不吝讚美。佛勞斯特於一九一五年返國，即被歡擁上「開闢美國詩新紀元」先驅者的寶座。為了他的詩集在英國出版，龐德當年曾為文攻擊美國編輯，認為他們瞎了眼珠。迄今，仍有不少學者、詩人，分析當時環境，言下仍不勝遺憾！

此後，他的榮譽接踵而至。不但作品在各大報紙及雜誌陸續發表，人們也紛紛要他去講學、朗誦。他寫作甚勤，幾乎每隔五至七年出版一本詩集。計有《山間》（Mountain Interval），《新罕布夏州》（New Hampshire），《西流的小溪》（West Running Brook），《擴界》（A Further Range），《旁觀的樹》（A Witness Tree）及《繡線菊灌木》（Steeple Bush）等六種。此外，尚有《選集》及《全集》等之出版，以及兩本詩劇，《理智的假面舞會》（A Masque of Reason）和《慈悲的假面舞會》（A Masque of Mercy）。以上，是他成名後第二個四十年內的作品！

這五十年來，他除了一面寫詩，一面教書外，仍舊沒有脫去他農民的服裝，仍舊親自在農場做工。

他曾經說過這樣的話：我是三分之一的教師，三分之一的寫詩者，另外三分之一則是農夫，我就是這樣的三位一體。

三

在沒有討論到他的詩以前，不妨先聽聽他對於詩的意見為何？這樣，可以有助於了解。

佛勞斯特很少發表詩論，他也不大願意解釋自己的詩，但從他詩集的序文內，訪問的談吐中，以及別人給他寫的傳記裡，仍舊不難窺見他的意旨。

他說：「一首詩始於喜悅，而終於智慧。」又說：「一首詩源起於喉頭的發脹，是一種懷鄉病，或者是戀愛病」。「一首完美的詩，應是情感找到了思想，思想找到了文字。」

關於詩的用字方面，他曾經說過這樣的話：「詩中的用字，取其無法避免者用之，絕不要為了它的美妙而用。」

有一次，他和學生談到了題材，他說：「去找些一般性經驗，但要用不平常的方法表達之。」又說：「所有的樂趣，在於你如何表達一件事情。」

對於寫詩的經驗，他說：「寫詩是一種不斷地發現。」「有時，當我寫詩，我發現了真理。」又說：「一首詩是剎那間對混亂的一種抑制。」

佛勞斯特有一次對人說，他所有的詩都基於實在的經驗，「詩人必須倚靠事實寫詩；有時太過份了，也會因此而受到損害。」

要了解他的詩，有一段話不得不提；佛勞斯特說：「我曾經對詩說過不少話，但其中最主要的一點，即認為詩是一種隱喻；以甲譬乙，言此喻彼，這樣會有一種餘韻或隱祕的快感；詩，只是用隱喻寫成。」

對於新的事物，他的意見又怎樣呢？他說：「我對於新的事物總是抱容忍的態度，對於它們的無謂，你如果能眼開眼閉，許多事物會曇花一現。徒新不足以持久，必須要有價值。」

佛勞斯特寫了半個世紀的詩，到了前幾年他還說：「我沒有自稱為詩人，還是讓世界來稱呼你是不是詩人！」

四

佛勞斯特的詩恆予人以自信、堅定，獨來獨往的感覺。他的詩深深地根植於生活；在淺近的文字後蘊藏無窮的哲理。他不作乏味的說教，卻用機智或幽默來啟示。五十年來，他始終忠於自己的藝術觀，也有他創作上的一貫性。他是演進的，並非突變的。他不喜新厭舊，也不抱殘守缺。他有他自己的理想。正如他早年的兩行詩句：

他們永不會發現我和以往有什麼改變，
只是更加確信凡我所想的全是真實。

他的理想，似乎要從不斷地追求繆思中，獲得快感與滿足。他第一本詩集，第一首〈牧場〉中的第一段如下：

我要去清掃牧場的春天；
我僅僅去把枯葉耙淨
（或去等待流水的澄清）：
我不會去得太久——你也來。

「你也來。」是一種邀請；「耙枯葉和等待流水的澄清」暗喻創作上的一種追求和滿足。佛勞斯特曾經說過：「我們一生所為，就是把事情弄混，然後等它澄清。」「剎那間去抑制混亂」，正是詩人的快事。他把上詩的第三句，作為《在開闊的林中》這本近作的副題，我們就不難看出他的用意。這本新集中另有一首〈一杯蘋果汁〉如下：

我像是一塊細小
的沉渣，等待著瓶底的發酵
這樣，我可以抓住上昇的水泡。
我騎過一顆直到它炸掉

當它使我回過來往下沉
我並不比當初的情形更糟。
我將抓住另一個水泡，假如我肯再等。
做這種事，不時會使你無上地興奮。

時隔半世紀，這位白髮皚皚的老詩人仍不失赤子之心。他還在繼續「等待」，不斷「追求」。

很多人認為佛勞斯特純粹是一位田園詩人，其實不然。他只是喜用大自然作為題材而已！他是進取的，不是退讓的。他曾經說過：「我是一個追求者，不是一個逃避者。」他愛用隱喻或象徵的方法抒寫人與自然間的衝突，並不是謳歌或歸隱田園。在佛勞斯特看來，他自己代表一個「人」，新英格蘭的田園是一片與「人」對立的「自然」。因此，他所寫的題材，雖然是地方性的，實在也是世界性的。

縱觀他的全集，他常常用「森林」來代表自然。這種幽邃的森林，意味著自然界的不可知。現在，且用幾首比較重要的詩，來分析他數十年來對大自然的態度。

從一首膾炙人口的〈雪夜林畔〉內的最末段：

這森林真可愛，黝黑而深邃。
可是我要去趕赴約會，
還要趕好幾哩路才安睡，

還要趕好幾哩路才安睡。

到〈請進〉中的末四行：

不！我是來訪星星：
我不願進入昏林。
有邀請我也不來，
何況我從未被請。

我們可以覺察，在第一首詩，他對自然是抱一種敬畏的態度，相隔二十年到了第二首，他改變了態度，用平等的口氣來對待自然。又隔了十餘年，到去年出版的新集中，他有這樣的一段：

他們在這裡已經很久，
推移房屋四周的林木
並用路將它們從中闢開。

這是「人」的何等的勝利！可是，依照佛勞斯特的見解，人要完全征服自然，殊不可能。他說過：

「我們必須要馴服自然的野性。但如果太過分，則反受其害。」在這本新集子的最後一首，佛勞斯特似已獲得結論，也給我們一種新的啟示，他抒寫獨自到冬天的林中砍樹，最後一段如下：

我知道大自然不會
因砍倒一顆樹而失敗
我也不會；我的告退
是為了下一次再來。

誰也不會失敗，人及自然。這正是現代科學、宗教、藝術所擔心的問題，我們現在總算獲得一個滿意的答案。是的，佛勞斯特的精神是現代的，他在不斷地開闢新境界——不斷地在思索如何調和科學及藝術；也不斷地在體驗如何融合精神與物質。不久前他說過：「我們是一個以基督精神闖入物質主義的時代。」他又說，一方面敬畏上帝，一方面勇往直前不顧一切，這正是人類基本的行為。從這些言論，參照他十五年來的詩作，我們可以大膽地說：佛勞斯特決不是一位傳統的詩人，他是活生生地屬於這個時代。他曾經寫過兩行詩開上帝的玩笑；即使對於死亡，他也抱一貫地幽默及實驗的態度：

我可能要回來
假如從死亡裡

我所學到的
不能令我滿意。

有人說，佛勞斯特是這個時代最獨來獨往的詩人。我們讀了上面的詩句，不得不予承認。

一九六三．一．十五《文星雜誌》第六十四期

詩，拯救得了嗎？

位於芝加哥、出版美國最著名的〈詩〉月刊（Poetry）的基金會，最近隨刊附送一封通函，說是要拯救現代詩、將它從邊緣藝術（marginal art）提升到文化的主流。這已經是年來的第二封信，態度十分積極。這個使命非同小可，聽起來，好像是在誇下海口。出版一本小小雜誌的基金會，能有多大作為？但是，知道他們的人，卻不這麼想，因為他們在三年前得到一筆贈款，超過一億美金！

那是一位名叫Ruth Lilly的老太太所贈。她是舉世聞名Lilly藥廠的繼承人。一向愛詩，據說她每次向〈詩〉投稿，都被退回，編者也每次附一封信，向她解釋。這使她覺得這本詩刊，不畏「錢勢」，維持一定水準，難能可貴。這本詩刊，創立於一九一二年，已有九十三年的歷史，是美國最古老的詩刊。二十世紀的大詩人如葉慈、艾略特，佛勞斯特、桑德堡等等，不是在那裡初試蹄聲，就是在那裡發表力作。有了這般名聲，又有巨額資本，還有什麼人會懷疑他們拯救不了現代詩？

現代的詩、在美國、台灣和大陸，似都淪為邊緣藝術。原因眾多：如現代人太忙；要看的、和玩的又太多；加上詩多晦澀，使人看不懂等等。因此，讀者日少。報紙雜誌也很少登詩，廣播電視更沾不上邊。我個人一向的看法，幾十年來現代詩的晦澀和不顧傳達和溝通（communication），產生了今日的惡果。流風所至，積重難返。詩人的作品，常常只能在自己的小圈內沾沾自喜。路是愈走愈窄，要如何開闊？如何挽回？如何拯救才好呢？

這個詩刊，目前的計劃十分龐大。想用各種方法來喚起及吸引廣大的讀者。他們在去年已設立網址，今後要擴展影響：明年要創辦全國青少學生朗誦比賽，如目前普及的拼字比賽（spelling bee）一樣；最近又邀美國桂冠詩人科瑟爾（Ted Kooser）每週在報上寫一篇專欄；並洽請報章雜誌多刊詩作等等。此外，還敦請芝加哥大學調查大眾對詩的看法、以及研究詩在今日文化中的地位，以便對症下藥。最後，要設立一個詩人之家，使美國及國際詩人有機會到那裡去寫作、討論、及出版。

當然，在鼓勵創作方面，他們更別出心裁、大幅地增加詩獎。如繼續行之有年的Ruth Lilly獎（獎金十萬美元）、及詩人獎助金外，去年新設立了一個「忽略成就獎」（Neglected Master Award），獎金五萬美元，專門頒給作品遭受忽略的重要詩人。另一個是「馬克吐溫幽默詩獎」，獎金兩萬五千元。今年，又增加兩個新獎：狄瑾蓀第一本詩集獎（The Emily Dickinson First Book Award）及賈拉爾評論獎（Randall Jarrell Award in Criticism）。後者贈給寫評論給大眾看的作者；前者則專給五十歲以上、從未出版過的詩人。只此一獎，據稱已有一千一百本詩稿送往競爭！

足見美國寫詩的人，不在少數；大小詩獎，也有很多。打開詩刊及雜誌，常見創作比賽及詩獎的廣告。最近一期全國退休人員協會的刊物，登了一篇報導，警告上了年紀的人，不要去上當。文中述及一位女士，去年看了一則徵詩的廣告，從網上送一首詩去，不久回信來恭喜她，說是在千百首詩中，選出她的詩為第二名，要她親自去領獎。但需繳會員費美金五百八十元，詩選出版費六十元，外加機票及旅館費用等等。她感到不勝負擔，只繳了出版費，但至今書還未見寄來。報導中又說，每年被騙的，也有百餘人之多，凡送詩去的，差不多人人得獎！詩，雖說是冷門，但還有人在賺寫詩人的錢。

對我這樣的人，詩獎沒有太大吸引力，也不會上當。我寫了半個世紀的詩、出版了九本詩集，從不去和別的詩人競爭，也從不去申請什麼詩獎。只是執著和認真的寫詩而已！將來刻在大理石上、我的墓誌銘，也可能如下：

這裡沉睡著一個詩人
冷靜、執著、堅定
他生前沒有美夢、殊榮
只有一株筆、一顆恆心

詩，拯救得起來嗎？我的答案是肯定的——只有好詩，才能有救；只有使人懂得的好詩，才能擁有廣大的讀者。誠如這封通函上所暗示，詩人應該寫出與現在流行不相同、和更好的詩（written differently, and better），才能有救。

二〇〇五・十一・七 北美《世界日報》

第四輯　訪談及對話

終身追她不悔改

——向明：夏菁答八問

問：詩是一種最高貴的文字藝術，也是一種最難企及的文學類別。很多人對詩人都有一種詫異，認為他們為什麼別的文類不選，偏要選擇高難度的詩。您選擇寫詩的理由是什麼？我們知道您的散文也是獨樹一幟，充滿機智和趣味，為什麼仍然一直堅持寫詩？

答：詩是我的初戀。四十五年前，我在出版第一本詩集《靜靜的林間》的後記中，曾說：「詩，在我是終身的追求，不是一時的調情。」迄今，我沒有食言，對這位初戀，還在繼續追求之中，還沒有追上。寫散文是在稍後、偶然的情形下開始，也是欲罷不能。余光中兄用右手寫詩，左手寫散文，成績斐然。我還要用一個食指去敲打英文鍵盤，寫職業方面文章及書刊，精力分散，時間有限。因此，詩的質和量，還有待改進。這是我退休以後的目標。

問：您是世界知名的水土保持專家，曾在聯合國糧農組織服務，足跡遍及全球。如今雖已退休，仍然常被邀請到世界各地協助解決水土保持問題。請問您的職業和寫詩是否會產生衝突？或者反而有互補作用？

答：在時間上確有衝突，一天二十四小時，覺得不夠。顧此失彼，很難集中做好一方面的事情。例如，在初到聯合國工作的幾年中，很少有詩發表。朋友們以為我從此封筆，其實是心有餘而力不逮。那時，正值晦澀之風盛行，我也就韜光養晦一番。直到一九七五年《藍星季刊》復刊以後，受到同仁的鼓勵，重新寫詩。但因工作關係，產量不多，只是供給《藍星季刊》以及後來的《藍星詩刊》發表而已。

從另一個角度看來，我的工作，幾十年來，需要上山下海，和大自然為伍。這樣，要比每日八小時坐在辦公室內，多一些機會獲得靈感。睽離有規律的日常生活，置身山林，常會有霎那的感觸或領悟。

從前也有人問起我職業和寫作衝突的問題。我的答案是：「在漫長的職業生活裡，尤其在海外，我需要一個精神上的翹翹板。」一邊低落時，另一邊一定會躍入空中。而且寫作就是那種躍入空中的高興，那種嚮往，那種昇華。

問：由於您很早就去聯合國服務，離開台灣已有卅餘年，作品也很少在台灣報刊發表，以至您早年的成績和盛名慢慢被人淡忘。甚至很多論詩的文獻上都忽略了您的存在，您在乎這種趨勢嗎？

答：這要從兩方面來看。因為他們的忽略，刺激我四、五年來的努力創作和繼續出版詩集（註：一九九八年出版第六本詩集《澗水淙淙》；一九九九年出版第七本，《回到林間去》。）四、五年來我每個月為《美國世界日報》寫一首詩，一篇散文。《中華日報》有時也會刊載。《藍星詩學》由淡江大學出版以來，我也積極參與和寫作，期能對形象方面，有所改善。從另一方面來看，詩人應著眼自己作品的永恆性，不該斤斤於一時的虛名。我也不會寫文章或寫信去抗議這些忽略我的人。

問：您是《藍星詩社》當年發起人之一。外界對這個老詩社的歷史已不太清楚，尤其年輕的一代。甚至還有很多誤傳及不實的報導。您能否對當年結社的情形以及主張等作一介紹或澄清？

答：在一九五一到五三年間，我和鄧禹平常有來往。他在《新生報》等處發表不少抒情詩，並於五一年出版《藍色小夜曲》，給人以耳目一新之感——因當時流行口號詩，而且政治掛帥。我常常和禹平談到，詩人該有自己的聲音，要寫自己的感悟。剛好，那時有幾本抒情詩集陸續出版，如鍾鼎文的《行吟者》、余光中的《舟子的悲歌》、覃子豪的《海洋詩抄》，以及蓉子的《青鳥》等等，聲音雖然在軍號中顯得微弱，已顯示了一個新的方向。我那時尚未結集，認識的詩人不多，因此，我常向交游頗廣、享有名氣的禹平提起，可否邀集上面所述的幾位，來談談新詩的創作及方向？

這事講了好久，彼此事冗，一直未能實現。直到五四年的春天，禹平說：「這樣好了，你作一次東，我們約他們來談談。」因此，由我及禹平署名分邀鼎文、子豪、光中，及蓉子前來。當晚第一位到達的是鼎文，和顏悅色，但講話頗具權威性。子豪滿面風霜，但看上去精力充沛，他帶來一位寫詩論的司徒衛。子豪認為詩的理論很重要，但鼎文第一句就說：寫詩最好不要空談理論及主義。我和光中以前只是神交，因梁實秋先生常向兩方提起，那晚見面，就生莫逆之感。大家久等蓉子不來，只好用餐，由內子掌廚，邊吃邊談，非常投緣，一個星座就在小小的一張六個人用的圓桌上誕生了！

當晚只談到要組一詩社，命名為「藍星詩社」是後來在中山堂集會時由覃子豪提出，經大家討論後贊同的名字。

藍星誕生的日期，依照蓉子三月十八日所寫，但當晚未收到的短箋作根據，並經最近查證，應為一九五四年三月二十日（星期六），但這封重要的信，有一次要製版，在廈門街余府遺失，非常可惜！

有幾件事，要在此澄清一下：第一，藍星的催生者只有兩人，鄧禹平和我。第二，藍星的發起人共有五位：鍾鼎文、覃子豪、余光中、鄧禹平和夏菁。那時，司徒衛已和現代詩社有關，而且不寫詩。楊允達（我租他父親的房子住）是現代詩社的一員。當晚他們兩位，只是列席，也可說是見證人。第三，地點是在台北市鄭州路一三五巷二弄三號。第四，結社初期，有人提出社內組織問題，經討論，認為編輯工作可以輪流擔任，不設固定主編及社長名義（注：後來詩刊上的社長，只是為了刊物出版登記方便，並非經過正式票選或推舉手續）。第五，藍星結社時，子豪曾提出要宣告主張及開列若干信條，但因大家反對而作罷。唯一的默契是各人自由創作！

問：那末，藍星四十五年來最大的成就為何？

答：藍星的成就，不是三言兩語就可以說得完，有心人士可寫乙篇專文來闡揚。詩社成員眾多，各有千秋。出版的詩刊有三百五十期之多，加上個人的詩集、文集，總數有五百冊上下，對詩壇、文壇的影響至大且遠。以我個人的淺見，藍星早年的成就，在於「復興詩藝，自由創作」。揚棄自一九四〇年代以來流行的八股、普羅、口號式的詩體和內容。現在想來，這是相當有膽量及勇氣的事。因為，當時在海峽兩岸，詩都淪為政治的工具。藍星後來的成就在於「照亮傳統，回歸中國。」在不斷創新和實驗中，使傳統發光；在浸淫西方以後，樂歸中土。當然，藍星還在發展，前途無量。

問：如您所說，藍星成員各有所長。論者說您是比較傾向英美詩中保守的一派，您能就這點略為解釋嗎？在現代主義甚至後現代主義風行一時之際，您能文風不動堅持自己的路向、不受任何影響。您是如何做到的？

答：我寫詩素喜獨來獨往，不受囿於時尚。所謂「走自己的路，唱自己的歌。」我喜歡摸索前進，不願搭大眾的便車。例如在早年詩風晦澀的年代，我不趕時髦，而且預言：「二十世紀後半世紀的詩，或將以明確清晰為特色。用字經濟，結構嚴密，表達明晰，一反晦澀之風」，現在看來，我的預言，並未落空。

我一直認為創新要以傳統為基礎，否則就會踏空，傳統是根，沒有根不能徒長枝葉。從小生長在中國的人，任你外文至好，也寫不出美國、英國、或法國人的詩。因你沒有他們的傳統、生活環境和切身的感受，最多是東施效顰。我們跟著別人走，每幾年換一個主義，以為是前衛或現代，這樣對嗎？我認為，在「夜郎自大」和「讓別人拴著鼻子走」之間，我們可以探索一條途徑出來。我年輕時編過幾個詩刊，當時戲創一項編詩原則：「百分之七十五傳統，二十五創新。」在潛意識中，這是我寫詩的原則，也是性格使然。

我對英美詩的研究，只是喜歡和涉獵，並非科班出身。從前翻譯過Robert Frost, D. H. Lawrence等的詩，數量不多，不成氣候。來科羅拉多州立大學執教時，曾旁聽「現代詩寫作技巧」（Forms and Techniques of Modern Poetry），對現代的各種主義（包括後現代主義），也研讀不少，間曾用「莊俠」的筆名發表過像〈獵鹿的過程〉那樣的詩，但時過境遷以後，又回到了原路，回到了中國。我覺得年歲愈增，愈不該浪費時間去追逐時髦，巧弄形式，能把自己所想的表達出來，已經滿足。我認為詩的好壞，和分不分段，句子的長短，無關宏旨。在內容不在裝璜，「在德而不在鼎。」現在很多年輕朋友，一看到整齊分段的詩，就說這是落伍或保守。我的忠告是：你先去仔細讀一讀再下結論。

我長年僻居海外，缺少寫詩的環境；離開國內太久，也乏各方的鼓勵。試看藍星主要成員之中，哪一位沒有得過獎，帶過桂冠？我則白首臥松雲，不去競爭，也不去申請。在這種隔離和孤獨的情形下，如果對詩缺乏信心或不能堅守夙願，則早已移情別戀！

問：藍星詩社資格很老，但老的一輩長於寫詩而缺少活動能力，您認為應該如何經營，才能保持青春和詩社的競爭力？

答：藍星的任務還未完成，還應繼續努力。發掘新人是第一要務。我們過去在這方面太保守，做得不夠。成員的互相敬重和團結，對年輕詩人的關注和獎勵，都是先決條件。

現在淡江大學中文系（所）出版《藍星詩學季刊》，是一個難逢的機會，一塊簇新的園地，使年輕詩人有積極參與的機會；詩社應予多方獎勵，如開座談會討論新人新作，以及每年頒獎等。此外，年紀較大的成員，也要有交棒的心理準備，不要凡事自己第一，不放心讓年輕人去做等等。這次的讓淡江的年輕人去編，是一個很好的開始！

問：最後，我想問問您對於台灣詩壇的印象，是保守還是前進？是混亂還是清明？

答：台灣的詩，現在向多元發展，這是民主、自由社會應有的現象。五彩繽紛、各式雜陳，美國也是如此。而我的總印象是台灣近年來寫的詩，比前明朗；用的字也較精緻生動；題材也較前廣闊。這也許是條趨向成熟之道。

一九九九．十二．三十一《藍星詩學》第四期

＊向明：本名董平，著名詩人，「藍星詩社」健將。出版有詩集、詩話、散文等二十餘冊，曾獲中山文藝獎及國家文藝獎等。

自然、簡約與親和

——王偉明：與夏菁談新詩和散文

王：一九五四年三月，您與鄧禹平發起成立藍星詩社，當時您對詩社有甚麼信念或期許？而其他成員又是怎樣加入的？覃子豪對詩向有他獨特的主張，但藍星詩社本身卻從不曾提出過任何明確的詩觀，原因何在？

夏：首先我應該聲明的是：鄧禹平和我僅是藍星詩社的催生人（詳見淡江大學出版的《藍星詩學》第四期第十三頁）。發起人共有五位。除我們兩人外還有覃子豪、鍾鼎文和余光中。關於其他成員的加入經過，大多是因為在《藍星》各種刊物上發表的詩作多了以後，就自然而然地成為藍星的一員。我們沒有正式的參加手續和規定。

我們成立之初的信念和期許，祇是在於自由創作，抒發詩人自己的心聲。因為當時兩岸的詩，多已淪為政治的工具。我個人的想法是要揚棄這種自三〇年代以來的口號及八股的詩風，但並不要反對中國寫詩的傳統。覃子豪那時主張要向法國象徵派師法，我們未予贊同。

關於藍星從未提出過明確的詩觀一點，我們在發起時大家同意：不要有所規囿和束縛，讓詩友依照各人的意思去創作。

王：您編詩刊的原則是「百分之七十五傳統，二十五創新」，並認為創新必須以傳統為基石，其理何在？這三與一的比例，會否窒礙詩人的創作靈思？

夏：這僅僅是當時的一句戲言，並無明文規定。寫詩投稿的人，也從未將此當真過。我自己的看法，傳統是根，沒有根不能長出枝葉。我們不能憑空跟著別人學時髦。今天是象徵派，明天是後現代等等。所謂創新，很多人祇是學西方人的皮毛、拾他們的唾餘而已。我當時想，每一期詩刊，或一頁詩選，能真正有百分之二十五的創新，那還不夠嗎？人類的進步，究以演進為多，突變為少，不是嗎？我主編新詩的時間不長，並沒有窒礙詩人創作的靈思。而且，真正的天才是限制不住的。

王：我發覺您不少詩作，深受西方古典音樂和繪畫的薰陶。您同意我的看法嗎？又您可認同「詩畫同源」這箇說法嗎？此外，中國傳統的國畫藝術，對您的詩作，尤其在營造意境方面，可有甚麼啟發？

夏：我喜歡西方的古典音樂和印象派的畫，僅止於欣賞而已，並無時間去浸淫。您說深受他們的影響，可能是耳聽目染，潛移默化的關係。我寫詩喜歡有些旋律、音韻，雖是事實，但不足為訓。

關於吾國「詩畫同源」之說，各人詮釋不同，我認為詩和畫所用的材料和表達的媒介互異，應以「入畫之景作畫，宜詩之事賦詩」，可以事半功倍。所謂「詩畫同源」者，乃諸藝皆出於一心之故。米開朗基羅說：『畫以心而不以手』，同樣也可用之於詩。假如我同時是一個畫家，則何者宜詩？何者宜畫？當會作一適當的選擇。雖然，當初得來的意象和靈感，可能為一。

對於國畫，幼承庭教，略有眉目。年輕時有一段期間，曾在教育部文物處打工，對古畫精萃，有進一步認知，這些多少會影響我的詩作。國畫的所謂「遠人無目，遠水無波」、以及「烘雲托月」的技巧，可能對我寫作的喜尚簡約，有所幫助。

王：我發覺您某些詩作，沿用了美國畫家波洛克（Jackson Pollock）慣用的滴灑（dipping）手法——乍看像一盤散沙，毫不連貫，其實卻出於一番苦心經營。您同意我這箇推斷嗎？又您認為「韻律」和「標點符號」該如何運用，纔算得宜呢？

夏：Jackson Pollock是美國抽象畫先驅之一。“Drip Painting”或“Action Painting”在於掌握力量、速度及強烈的感情。我想許多詩的寫成，也在於抓住剎那的感悟，以最好的方法和字句，將它表達出來。Pollock將潛意識的心像轉成圖畫（To translate unconscious image into painting），和我們寫詩沒有太大不同。感觸或靈感之來，豐沛時亦如驟雨的忽至。這和油彩灑滴在畫布上一樣，要迅予掌握。詩人吳望堯和我早年也曾試畫過此類抽象畫。我的詩如看起來沿用Pollock的手法，這是一種巧合。其實，我大部分的詩，具有很強的主題性。

我對「韻律」和「標點」均不主張要有甚麼規定。無韻也好，「帶足鐐而能舞蹈」，更無不可。技巧熟練以後，要看想像和內容是否高妙。我在詩集《澗水淙淙》的後記中說過：「詩的好壞、對用不用韻、分不分段、有沒有規律都無關宏旨，在內容不在外殼，在德而不在鼎。」

王：您的詩以「自然」為宗，與王維相近。但因長期寓居在海外，難免有孤獨流放之傷，詩風反而與謝靈運暗合。然則您對這兩位古典詩人有何評價?您可同意我這箇觀點?又史耐德（Gary Syndcr）的詩風，對您有甚麼影響?

夏：王維的詩，長於描寫景物，人稱「詩中有畫」。如「閒花滿巖谷，瀑水映杉松，啼鳥忽臨澗，歸雲時抱峰。」等等詩作。但他也有「獨在異鄉為異客，每逢佳節倍思親。」及「勸君更盡一杯酒，西出陽關無故人。」等寫情的千古絕唱。和謝靈運的詩相較，我覺得摩詰的詩親和可愛。靈運的詩，雖有「池塘生春草」等句，論者認為他的詩。甚多「追琢而返自然」。康樂「興多才高」，不是一般人所能企及的。他倆給我的形象，一個是繁富，一個自在。我寧取後者。四十年前，我寫過一首詩〈我是不裝飾的〉，其中有「我的笛很短／沒有刻意的紋身／不吹花腔／不學胡笳聲」，也即此意。

在我看來，自然（Nature）的意義，應有狹義和廣義之別。前者是指大自然中的種種景物。人，多半是一個旁觀者。後者是包括人和自然的互動（Interaction）在內。我早年寫自然，偏向前者；年歲漸增以後，心嚮後者。

Gary Synder在森林或農場裡的觀感和經驗，我可以分享。他大部分的詩用簡明的手法來表達，以及用nonasserative的技巧，我都可以認同。但他的那種反文明（Against civilization）的態度，我不能苟同。我有些詩，具環保意義，但不會像他那樣，想做到天人合一（To be one with animals, plants and the earth）的境地。

王：在〈劍道即人道〉一文中，您提及既愛戲劇，也愛電影，年輕時更曾演過話劇。然則您認為戲劇與電影，在技巧上有哪些地方可以讓詩人借鏡呢?又勃朗寧（Robert Browning）所提倡的「詩劇」，在中國新詩發展過程中，似乎不受重視，原因何在？

夏：我從前說過，詩可向戲劇（包括電影）學習。主要在於向它們學習結構、表演手法、衝突、高潮、以及結局效應等等，並以留下一些東西給觀眾（或讀者）為鵠的。平鋪直寫、排比雜陳、或淡而無味是寫詩的通病。我雖有這樣的想法，但自己寫起詩來，也不能做到，眼高手低，無可奈何。當然，寫抒情短詩，不需要像戲劇般複雜和龐大的設計。

Robert Browning寫過不少詩劇如Surafford及Pippa Passes等等，好像當時一般的反應平平。但他慣用的戲劇性的獨白（dramatic monologues）對現代詩人龐特（Ezra Pound）及艾略特（T.S.Eliot）頗有影響力。

我年輕時也寫過詩劇《比翼潭》及《孟姜女》。這是作為歌劇演出之用。《孟姜女》並已由著名音樂家李永剛譜曲完成，獲有教育部音樂獎，但從未演出過。吾國新詩發展過程中，詩劇或歌劇未曾好好地提倡，也沒有財源去支持演出，因此，不受社會人士重視，希望將來能夠慢慢改善。

王：您曾首創折疊式的《藍星詩頁》，後來並引致其他詩刊爭相仿傚。如今互聯網盛極一時，更出了不少網絡詩刊，您認為未來的詩刊會否由網絡完全取代印刷品呢？而多媒體的廣泛使用，對新詩的推廣又有何利弊？

夏：網絡詩刊或網路詩刊，方興未艾，前途不可蠡測。至於能否代替印刷品一節，要看整個文化及印刷事業的發展而定，豈僅詩刊而已！我個人認為印刷品有它存在的價值。例如，一本古詩詞，若用宣紙印出，絲線裝訂，讀起來古意盎然，已和普通紙張和密密麻麻小字的版本，感覺上大不相同，遑論是在網絡上的了。而且，電腦的演進太快，光碟的保存及持久，也有問題，網絡和印刷應該互補互存纔對。

多媒體的廣泛使用，像一首詩能配上音樂及圖畫等等，當然有助於新詩的推廣。但要看配得是否相得益彰，或是畫蛇添足，也可能會有適得其反的效果。在網絡上，有自由發表詩作的機會，海闊天空，不受篇幅限制，因此可以使大家參與其事，不會像印刷的詩刊，常限於少數的幾個詩人，這是網路的好處。問題則在於網海浩瀚，讀者如何去披沙揀金。

王：您在第一本詩集《靜靜的林間》後記中，曾提到「詩，在我是終身的追求，不是一時的調情。」然則您寫散文，是否祇是「一時的調情」呢？又您的散文，可曾受晚明小品，以至蘭姆（Charles Lamb）、歐威爾（George Orwell）及庫克（Alistair Cook）等等英美散文家的影響？您較喜愛哪些散文家的作品？

夏：我開始寫散文是在一九六〇年左右，比寫詩晚上十多年。而且是在被友人鼓勵和催促下纔起跑的。我年輕時覺得能夠出版詩集、做一個詩人，已經夠了！因為我有本身的職業及科技工作要做——哪有這麼多的時間和精力去寫散文呢？可是，這是一個散文的世界。散文受到的鼓勵要比詩多上十倍，因此，我一開始寫，就欲罷不能。雖然產量不能與他人相比，我現在每月還在為美國及臺灣的中文報刊，繼續寫稿中。

我對蘭姆（Charles Lamb）及庫克（Alistair Cook）等散文，稍有涉獵。覺得蘭姆的信件簡潔中肯，比他散文的刻意和冗長，較受我的矚目。庫克的敘事，生動精闢，也為我所喜愛。其實，我格外鍾意的是梭羅（Henry D. Thoreau）的散文，他的《湖濱散記》，不但題材為我所喜，文筆也清新可人。

詩人楊牧將我的散文納入「議論派」，並說此派最近西方散文體式。而我自己在散文集《悠悠藍山》的後記中卻曾說過：我一向心儀的，不是碧眼高手，倒是唐宋大家。他們的散文，確能做到情與理的兼顧，美與知的相融。

王：您在《夏菁散文》的自序中，說過二十一世紀的散文需具備四箇條件：簡約、生趣、機智和融貫。然則您認為二十一世紀的詩，又需具備甚麼條件呢？

夏：二十一世紀的新詩需具備甚麼樣的條件？是一個很難回答的問題。有人說過，散文是米煮成的飯，而詩是米釀成的酒。飯就是飯，酒則品類與醇味互異，因此，為散文設條件要容易得多。而且，我對散文，是用詩人的立場從圈外看進去，大膽地提出了四個起碼的條件。現在要以詩人的立場去定出詩的條件，無疑是夫子自道，不無為自己的詩作辯護之嫌。如果陳義太高，別人會說：你也做不到。如果卑之無甚高論，別人會說：何必浪費紙筆。

雖然如此，細心的讀者，大概可以從我的作品、平時的言辭及短論中，看出我的主張。我曾說過：現代詩應以言簡意賅為主；要做到用字精闢、內容新銳。我也說過：文字可以親和淺近，含意要能蘊藉深遠一類的話。我也主張「詩貴自然」。對自己寫詩的要求是：自由但須自律，不可野馬脫韁，以上這些，算是我對新世紀提出的寫詩條件吧！

王：論者認為詩人一生之中最少要翻譯一本外國詩集，您同意嗎？目前可有此宏圖大計？您曾譯過佛勞斯特（Robert Frost）及勞倫斯（D. H. Lawrence）的一些詩，為何要選勞倫斯那樣小說家的詩作來翻譯？

夏：我最早翻譯過佛勞斯特（Robert Frost）的詩、有六首已收在「今日世界社」出版的《美國詩選》（一九六一年）中。後來譯了一些勞倫斯（D. H. Lawrence）的詩，數量不多，不成氣候。譯詩不是一件易做的工作。不但要把握雙方的文字，還要揣摩原作者的立意、心態及語氣。有人不是說過，詩是不容翻譯的嗎？

勞倫斯的詩以Free Verse見勝（如一九二三年出版的《Birds, Beasts, and Flowers》內的詩）。譯過佛勞斯特的詩以後，再譯勞倫斯的，就有一種暢快、直接的感覺。他雖然是一個著名的小說家，卻同時也是一位現代詩的先鋒人物，影響後現代詩人如奧森（Charles Olson）及鄧肯（Robert Duncan）等等。有人說他是迴盪在哈代（Thomas Hardy）和龐德、艾略特之間的一個詩人。

我現在正撰寫一首長詩〈折扇〉，陸續在《藍星詩學》上發表。預計要到二〇〇二年纔能完成。將來如有時間及餘力，或許會繼續翻譯一些。但可能不會專為一個詩人翻成一本，這要讓年輕人去做了！我始終認為，譯詩不如寫詩，一個詩人的創作是最最重要的，對嗎？

王：您在《山》後記中提到：「我有一段時間，確愛寫Light Verse。這些詩大多已包括在《石柱集》內。這類詩，國內似乎還沒有多少人嘗試過。」為何您那時偏愛這類體裁，又是甚麼原因它不受國內詩人的青睞？

夏：詩除有嚴肅性的一面；也有娛樂性的一面。要使詩的影響擴大到一般大眾，幽默性或輕鬆型的詩（Light Verse）也值得嘗試。我那時受了美國詩人納許（Ogden Nash, 1902-1971）的影響，試寫過不少這類的詩。其中有一首〈氣象學家〉，在香港學生朗誦比賽時曾採用過，原文如下：

天氣常與氣象家尋開心，
你說下雨，我偏晴。
「你們且慢責備他。」
老天說：「他有他的儀器，
我有我的脾氣。」

這類詩，少有人寫，可能與吾國的國情、傳統，以及大環境有關。中國人一向比較嚴肅；「詩以言志」的傳統，還牢牢烙在詩人心頭。而且，諷刺和幽默的作品，也會犯上別人或政治上的麻煩。在我們的社會裡，能夠容忍或一笑了之的人，到現在還是很少，不要說是三、四十年前了。我後來也很少寫，別人也無以為繼。希望社會更加開放以後，這類詩還會出現。

王：您寫詩已有半箇世紀，離開自己的國家也有三十多年，而且職業和文學無關，又很繁忙。您如何能一直維持寫詩的興趣？您對新詩的前途、抱負、以及看法如何？

夏：我認為新詩的前途是無量的，但路程還很遙遠。從胡適的《嘗試集》迄今，我們祇是踏出了第一步——用現代語言自由地創作而已。在這八十年間，真正成功的詩人和作品，實在是鳳毛麟角。我站在詩人的立場也許自責太嚴，但我們不妨問問自己或周遭的朋友們，對所謂新詩的「經典之作」，誰能記得起幾句？能否像李、杜的詩那樣，可以默誦高吟？顯然地，新詩的成功，尚待詩人們進一步的努力。

我對新詩素來樂觀。一個沒有詩的國家，將變成一片沙漠。世界上沒有一個偉大的民族是沒有詩的。我同意美國近代詩人麥克里許（Archibald MacLeish, 1892-1982的說法：「我們這個社會的真正危機·即在於想像力的衰退。」詩人用高超的想像力來鮮活或啟發社會；用精闢的語言來抒述或記下時代的思維，對國家、對文化及人類，均大有裨益。這是我的看法和認知，也是我繼續寫詩的理由。

我主張新詩要發揚中國優良的傳統，要汲取西方之長，但不是盲從歐美，也不是不加批判地沿襲古詩。這種放眼古今，融合中西的使命，是一大挑戰，豈能一蹴而就？對我來說，這是一條十分艱巨及漫長的道路，但還是要一步一腳印地走下去。

二〇〇一年五月二十日

二〇〇四・十二　王偉明《詩人密語》

＊王偉明：香港名作家及詩刊編輯。曾執編《詩風》、《詩雙月刊》、《詩網絡》及《中國現代詩粹》等。出版訪談錄有《詩人詩事》、《詩人密語》及《詩裡詩外》等。

詩是終身的追求

——綠音：詩人夏菁專訪

綠：您是學自然科學的，為什麼對文學尤其是詩特別有興趣？

夏：我在一篇散文〈從我的啟蒙談起〉中，曾提到過，我在十歲以前渾渾噩噩，不知用功。到了在家鄉讀五年級時，遇到一位有耐性、有學養的級任老師，才開始專心讀書。這位老師，國學根基極佳，使我對國文課也愛好起來。記得那時課本上有一首杜牧的〈山行〉：「遠上寒山石徑斜，白雲生處有人家」及「霜葉紅於二月花」等句，經老師講解，頓覺夕照紅葉、石徑白雲，歷歷在目，使我為之神往。而且可以朗朗上口，易於背誦。因此我對詩就產生了很大的興趣。從此，開始翻閱有插圖的《唐詩三百首》，深被吸引。

這位老師，還介紹了一本課外讀物《愛的教育》。其中有很多譯文：如〈最後的一課〉、〈兩漁夫〉、及一篇鐵達尼號沉船的文章，讀來深受感動。我對文學也就普遍地喜愛。我想，幼時的教育，至為重要。現在有很多小學，在教導學生朗誦古詩及新詩，這是發揚傳統文化的一種很好的方法。

綠：一九五〇年代初您在台灣已開始發表詩作、發起詩社、編輯詩頁及出版詩集，是嗎？

夏：是的。約在一九五三年前後，我已開始在那裡的《中央日報》副刊上發表新詩。當時，在這副刊上經常發表新詩的還有余光中。一九五四年三月中，我和寫〈高山青〉的名詩人鄧禹平，連名發函，第一次邀請余光中、覃子豪、鍾鼎文等人到台北我家餐聚，大家針對當時的詩壇，都有組織一個新詩社的心願，以發展純正詩藝。經過幾次集會，到了六月間，「藍星詩社」就正式成立了！這個詩社，不設社長，也不宣告主張及綱要，以民主作風及自由創作為期許。

到了那年秋天，余光中的《藍色的羽毛》，和我的《靜靜的林間》同時出版。這是詩社嗣後出版數百冊詩刊詩集的第一批。我當時化了不少精力去取得廉價的製圖邊紙，到外埠校勘印刷，出版以後還在公務出差之便，行篋以隨，到窮鄉僻地的書店去寄售。在半世紀前文化事業不發達的時代，做一個詩人要自己花錢費力去出版及推銷作品，實不容易。

詩社成立以後，我們同仁發表的園地，經歷了不少變遷。我在一九五八年冬，創辦了《藍星詩頁》，設計得玲瓏小巧，折疊起來，便於郵寄。麻雀雖小，卻涵蓋了創作、譯詩、詩論、詩訊等等，一應俱全。我們只看作品，不限門戶，每月出版一次。這詩頁以後由同仁輪流主編，持續二十六年之久。很多當今著名的詩人，早年多在此發表佳作。所刊的詩訊，也是台灣新詩發展史的寶貴資料。不但如此，後來有很多別的詩社，也群起效法，出版詩頁，我們可以說是管領風騷，倡風氣之先。

我在余光中一九五八、五九年出國深造時期，接編了著名的《文學雜誌》的詩頁，戰戰兢兢，不敢怠忽。不久，我又主編《自由青年》的詩頁，有數年之久，直到我準備出國深造為止。回想那段時期，我在一個中美的農業機關做事，平時工作很忙，又要上山下海，這些編輯工作，均在晚間及週末完成，對家庭生活，犧牲不小。

綠：您的詩一向以簡約、可讀為主、間亦用韻，這麼多年來您的創作方向和風格有何改變？

夏：詩本來是精粹的語言，也要賦有音樂性。我只是保持一種優良的傳統而已！但當代的詩，很多用字雜沓，詰屈聱牙，他們說是現代化，我是學不來的。在這世事繁忙、一切講究快速扼要的時代，詩如果不能言簡意賅，讀詩者會愈來愈少。我也一向主張，要用日常語言（common language）來寫詩，使人易於接受，不要關閉了傳達的大門。至於用韻問題，我並不堅持，用韻而不害意，豈不更好？詩能有節奏、具有音樂性，也很美妙！

說起改變，我早年曾寫過些格律詩，現在，於格式方面則自由得多了！主要視詩的內容而定。我以前說過，有些年輕人看到整齊有矩的詩，就掉頭不顧，認為是不夠現代，這是很膚淺的看法。如果看看西洋當代的詩刊上，四行一段的詩，和兩行一段的所謂Couplet體，還是很多，就可知道現代的詩，並不全是他們心目中的饒舌派（Rap）。我也說過，詩的好壞，和有沒有格律，分不分段，用不用韻，都無關宏旨，應該在內容而不在外殼，在德而不在鼎。

綠：最近您出版了一本新詩集：《獨行集》，請您談談這本詩集的內容，和以前的有何不同？

夏：這是我第十本詩集，收集了自《雪嶺》以來六年間在美國、台灣、香港報章及詩刊上發表的作品五十五首，承台北秀威資訊公司慨然出版，並由其網路書店經售（http://www.bodbooks.tw）。這本集子中，除表達對詩藝的追求外，不少是寫季節與時間的觀感，以及對生、死、愛等的看法。我企圖對這些人人都會面臨的歷程，用自己的感受或體驗，以淺近的文字，去抓住題材的中心或精神所在。這是一種新的嚐試，是否成功？有待讀者去批評。

此外，集中還有不少有關環保、政治、以及自然災害方面的詩，這是以前的詩集少見的題材。我在詩集的「後記」中，已將不同題材的代表作，扼要列出，供有心人士的參考。

綠：作為臺灣「藍星詩社」創始人之一，您認為詩是否應該有其社會意義？還是僅僅反映個人的心聲？詩人應該擔負起怎樣的社會責任？

夏：詩是社會和時代的產物，詩人不能睽離社會。我當時發起「藍星詩社」及主張詩人應抒發個人的心聲，主要是針對當時臺灣政治掛帥、大家搖旗吶喊的一種反抗。我希望詩人不要淹沒在一種流行的歌聲中，齊聲合唱，扼殺了創作的獨立性；而應自由自在地抒發自己內在的聲音。寫詩猶如戀愛，由詩人自己選取對象，不應由人匹配。

每個人在社會上的生活方式、環境、工作不同；學養、個性、思想和感受也互異。只要各自忠實地去表達自己就行。如果社會各階層的詩人都能如此，就不乏激昂的歌和婉約之音，就會自然而然地反映社會的風貌和時代的精神。這是多元社會的基礎，也是民主的真諦。因此，我個人認為：詩人如能盡一己之力，表達自己的心聲，對人類的精神文明有所貢獻，就應該算是擔負起社會的責任了！

綠：一九六八年您離開臺灣到聯合國工作，成為知名的水土保持專家和教授，但您在美國、中美洲、泰國等地住了四十多年仍保持創作熱情，請問您創作的動力是什麼？國外的自然環境對您的創作有何影響？

夏：我從一九五四年出版第一本詩集起到一九六八年離臺以前，已出版了四本詩集，平均四年一本。但在初到聯合國工作的六、七年中，因工作太忙、壓力太大。記得那個年代，又遇到晦澀或朦朧詩盛行，我就韜光養晦，詩也寫得很少。許多詩友們認為我已才盡（Literary dead）。但他們忘了我早年說過的諾言：「詩是我終身的追求。」

到了一九七五年，我又恢復寫詩。那時「藍星詩社」正推出新型的刊物。我常說，組織詩社的好處，是相互維繫和激盪，不在彼此的標榜。我和詩社同仁，半世紀來一直保持聯繫，不論身在天涯或海角。此後，在美國的二十五年中，我的詩除在藍星及港臺的詩刊發表外，北美和臺灣的報紙能夠經常接受，也是一種鼓勵。《詩天空》網刊的出現，又激發了我對翻譯詩的熱誠和興趣。足見，具有發表的園地，對詩人是何等重要。

至於身處國外對創作的影響，有好也有壞；壞處是感到孤獨和寂寞，缺少了那種煮茶論詩的快感，作品當然也會減少。好處是視野廣闊、中西作品都可看到。而且耳目清淨、不受國內那種時髦和流行的影響。可以一心走自己的創作路線。

綠：您數十年來，不論在何處，本身工作繁忙。上山下海、寫書、撰文、參加國際會議，以及教育培訓等等，您如何能在職業和寫作間謀取平衡和成就呢？

夏：現在能靠寫詩為生的人，無論中外，均絕無僅有。大多數是業餘詩人。業餘詩人中也有職業上的分別。教授文學及文化工作者，日常和詩文接觸，念茲在茲，激勵寫作的機會就多。像我這般做著和寫詩無關的職業，工作繁忙，又僻居海外，當地幾無詩友，有時的確覺得難以為繼。我不敢說對詩負有什麼使命，只是想保持一種興趣，一種追求而已。當周末及假日別人去打球、玩牌、跳舞、喝酒時；我則偷閒去看書或寫作。我的創作不算多，只是細水長流。心中有一點火苗，有一個夢，持續地摸索前行。不計其他；走自己的路，唱自己的歌，一向是我創作的態度。

像我這樣的業餘詩人，比起以文學為職志的詩人，有一個好處，那就是我們沒有壓力。寫作在我是一種昇華、一種歡喜、一種變奏，像一具精神上的翹翹板。如果在職業上受創，我可以在寫作上升空。反之，也可以在工作上落實。沒有包袱、也無野心。我曾說過：寫作是生活上的調節，一種欲罷不能的赴約。

可是，我一直在懷疑，也在抱憾，假如我集中只走一條路，是否會較有成就呢？我不知道。

綠：想像力是詩人的財富。您是如何發揮您的想像力的？

夏：一般而言，多讀、多看、多思考，是培養想像力最基本的條件。吾國有讀書破萬卷、下筆如有神之說；也有行萬里路之議，那就是出門去多看、多經歷。名詩人艾略特（T. S. Eliot）曾言：我們的想像力，一部份源於書本，大部份產自詩人一生的經驗。說得很對。但我認為，經驗人人都有，一片湖邊的水仙，一只冬夜的畫眉、一座雪夜的森林，都是常見的事物。唯有大詩人才能寫出不朽的作品，為何？

這就靠吾國詩論中常說的「悟」。「悟」並不神秘。我曾經解釋：「悟」就是「想像力的貫穿」。多讀多看還是不夠，要多加思考，才能獲致。學而不思則罔，不就是這個意思嗎？姜白石說：詩之不工，只是不精思耳！我想，詩人不尋常的作品都是悟出來的。他們用想像力貫穿事物的表面，獲致內在的真。這種真，並非現實世界的真，乃是使讀者在瞬間能夠相信的真（A world of make-believe）。詩中能使「海沸騰，豬行空」，不是嗎？

西方談詩，常說「上帝給你一句句子。」以我看來，這就是你個人經驗（包括讀和看）的反芻。其餘的部份，你要和上帝或天使去「角力」，才能完成。所謂角力，不就是深思嗎？

我自己的經驗，在為世俗奔波之日，為工作憂慮之際，鮮有詩緒。只有在心情開朗、無所牽掛、或休閒、自在之時，常會有靈光一閃、眼角生情、詩緒油然產生。我就坐下來，集中精神、反覆思考，將之發展成篇。這往往還是初稿而已！我從前說過，詩人的雷達網，如果關閉了，則靈光即使在頭頂閃過，也會視而不見。

綠：您是否覺得您的詩是越寫越好呢？您最喜歡自己的哪首詩？有哪些令您難忘的創作經歷？

夏：每個詩人都會覺得剛完成的作品，有新意，有突破，希望拿出去立即發表。這就是所謂「小兒子情結。」但時間久了，經過冷靜的判比，也許看法就會不同。以我而言，我覺得自已在每一個人生的階段，都有些自己喜歡的作品。這些詩也只有二十首左右，為數不多，大多已選在各種詩選之中。我覺得生也有涯，一生的努力，如能留下一、兩篇讓人記得的詩篇，為這個時代留些雪泥鴻爪，已屬萬幸。唐詩五萬多首，我們能記得多少篇呢？迄今我還是個過河的卒子，靠一點自信，努力向前，不計好壞和成敗。

當我在多年前寫一首千行長詩《折扇》時，的確有不少難忘的經驗。這是一首自傳式的抒情長詩，涵蓋四分之三個世紀（一九二五年到二〇〇一年）。要寫得忠實、不違事實；要寫得賦有可讀性，不是流水帳；要寫得像詩，不是分行的散文；要寫得敘事不忘抒情，能使情與景並進；又要表達個人的觀感和時代的意義，實在是一樁嚴格的挑戰。我雖然曾寫過兩本詩劇，但寫這首長詩，我花的精力和時間最多。前後寫了有兩年半之久。我不知道最後有否達到我自己訂立的標準？有人說，寫長詩可以考驗一個詩人的能力和耐力，實非虛語！

綠：古典和當代的詩中，您喜歡哪些華語詩人的作品？他們對您的詩歌創作有何影響？

夏：像我同時代的國人一樣，年幼時都念過唐詩，我對李白、杜甫、白居易的詩，都很喜歡。漸漸，對陶淵明、王維、杜牧、以及李商隱的詩，有所偏愛。我自忖不是文科出身，雜學無章，全憑一己的興致。但對古典詩用字的簡約、意境的深遠，在幼時已銘刻在心。只是覺得格律嚴謹，難以效法。

稍後接觸到新詩，讀了新月派及創造社的詩，覺得詩體和語言，自由得多了！因此，也有躍躍欲試之想。那個時代的詩人是吾國新詩的先驅者，對我的主要印象是要自由地、忠實地寫，不要無病呻吟。

我對抗日戰爭以來那些激昂的詩，確感到熱血奔騰，但讀多了，覺得千篇一律。後來，詩淪為宣傳的工具，更是不堪卒讀。如前所述，我的發起「藍星詩社」主張恢復詩人抒發一己的心聲，原因在此。至於臺灣同仁及詩友中的作品，有不少我很喜愛，也互有影響。但因篇幅有限，不欲例舉。以免舉一漏百，或有標榜之嫌。至於六〇年代以來流行的晦澀詩或朦朧詩，關閉了傳達的大門，對讀者很不公平，我不喜歡。我一向的主張是：詩要有可讀性。當今「後現代的詩」，理論各說紛紜，作品優劣雜呈；抒發一己，確是好事，有些過份瑣碎，是否受人歡迎？尚待時間去沉澱和挑篩。

綠：您最喜歡哪些歐美詩人？翻譯歐美當代詩歌對您的創作有何影響？

夏：在五十年代末我開始接觸到歐美詩。最初，我很喜歡美國女詩人愛蜜麗・狄金森（Emily Dickinson）的那種長短句，清新灑脫，窺伺天機。我在一九五七年出版的第二本詩集《噴水池》裏，有節有韻，幾乎全是這一類詩體。其中一首《月夜散步》，現被廣泛選讀，即是那段時期的產品。幾乎在同時，我愛上當代美國詩人佛勞斯特（Robert Frost）的詩。對他的「一首詩始於欣喜，終於智慧。」（A poem begins in delight and ends in wisdom）的說法，一度奉為圭臬。他用口語入詩，讀起來親切而有節奏感；深入淺出，不會拒人於千里之外。句子看是平易，整首卻意味無窮。他的詩作，可以說，對我有很大的啟發性。當然，任何詩人的創作，均基於他一生的學養和經驗，不會全憑一家之言。其他，如葉慈（W. B. Yeats）、哈代（Thomas Hardy）、浩司曼（A. E. Honsman）、勞倫斯（D. H. Lawrence）、以及近代的史奈德（Gary Snyder）和勃雷（Robert Bly）等的詩，我也很喜歡。

譯詩需要細讀原作，斟酌兩邊文字，費煞考量，當然對譯者的寫作會有影響。而且，吾國的新詩，還在發育和成長時期，翻譯歐美的詩，對整個新詩的發展，也大有裨益。我雖翻過幾個歐美詩人的詩，並無系統。其中如佛勞斯特的六首，被選入一九六一年出版的、著名的《美國詩選》中，感到很是榮幸。但自己總覺得時間不夠、力有未逮。現在用英文翻翻自己的作品，已感到盡了一份棉力了。

綠：中美詩歌交流的意義何在？《詩天空》（PoetrySky.com）即將創刊五周年，您有何寄語或感言？

夏：詩歌和文化的交流，是一件很有意義的事，但要有人認真和持續地去做。吾國的新詩，尚在開拓時期，需要借鑒歐美作品的地方很多。在另方面來看，華語詩人的作品中，也有很多中國優良的傳統和內涵，可以讓世人有所認知。現在是地球村的時代，文化的交流會愈來愈多、愈來愈快。不少西洋人對吾國文化，深具興趣。英美現代詩的先驅龐德（Ezra Pound）不是很醉心我們的文化和詩嗎？雖然他不甚了了，卻說過這樣的話：如果譯得多了，中國的詩將是歐美詩的一大刺激品（great a stimulus）。

《詩天空》不是一個官方資助的團體，以其有限的財力和人力，在中美詩歌交流方面做得非常出色，吸引了全球各地的華語詩人和一些著名的美國詩人的熱心參與，確是難能可貴。

值茲《詩天空》出版五周年之際，我衷心期望它能十年、廿年、卅年，甚至更長久地持續下去，使它的影響力，日益擴大，為吾國及世界詩壇，作出貢獻。

我也希望《詩天空》除每季按時出版網刊以外，也能賡續及擴大地出版個人詩集（包括雙語），以及選集、合集等，以廣流傳。在人力、財力充沛後，盼能恪力推行進一步的大眾傳播活動。

綠：最後，您能否談談未來的寫作和出版計劃？

夏：在寫作方面，我還會賡續為美國、台灣等地的報紙副刊及雜誌網刊等撰寫新詩或散文。例如我在北美的《世界日報》及台灣的《中華日報》，發表作品都有二十年的歷史，近十年來更是每月都有，我也將不斷地向《詩天空》投稿。這些，我都會盡力去做。

在出版方面，我已整理好五本稿子，只待出版家的青睞和首肯。除一冊散文稿外，有關詩方面的有四本之多：

一、《折扇》：一首一千行自傳性的長詩，抒寫廿世紀迄今一個中國知識份子的心聲。這詩寫了兩年半，曾在淡江大學的《藍星詩學》上，分十期發表過。

二、《孟姜女》：四幕七場詩劇，已由名音樂家李永剛配曲完成，曾局部演唱樂曲並獲得過教育部音樂獎。

三、《對流》：一冊中、英對照詩集，分中譯英、英譯中、友人譯三輯。甚多已在《筆會季刊》上刊出過。

四、《窺豹集》：一本詩論，彙集半世來在報章雜誌發表過的有關詩的評介、論文及詩壇紀實等四十餘篇。

這四本集子如能一一出版，則我多年的心願可以了卻，對吾國詩壇也可有所交代了。

二〇一〇・三・一《文訊》第二九三期

＊綠音：原名韓怡丹。是美國唯一的中、英文雙語網路詩刊《詩天空》（PoetrySky.com）的創始人及主編。著有詩集《臨風而立》（一九九三）、《綠音詩選》（二〇〇四，中英雙語）和《靜靜地飛翔》（二〇〇八）。編有《詩天空當代華語詩選，二〇〇五至二〇〇六》雙語版（二〇〇七）和《詩天空當代美國詩選，二〇〇五至二〇〇八》雙語版（二〇〇九）。其中英文詩散見於《詩刊》、《創世紀》、《乾坤詩刊》、《普羅維登斯日報》及《科羅拉多評論》等。

詩心、詩意、詩天空

——綠音、夏菁漫談當代詩歌創作

綠：當代詩壇魚龍混雜，泥沙俱下。而真正的好詩其實不多。什麼是好詩？怎樣才能寫出好詩？這是詩人們經常思考的問題。什麼是詩歌創作中最重要的因素呢？

夏：我認為自由地創作，恐怕是最最重要。這有兩層含義。第一、大環境要能允許詩人自由地創作，不加干涉。第二、詩人也不要自囿於什麼主義；應該走自己的路，唱自己的歌。不學時髦，不跟別人走；要有恆地從自己的經驗及感受中，摸索前行，也許可以達到他人未臻的境界。

各國有各國的文化淵源和背景，鸚鵡學舌，豈能算是創作？然而，抱殘守缺，也非創新之道！國人或華人的詩創作者，大體上要能對吾國的傳統，篩取精粹，又要反映社會上、受到西洋衝擊後的現代精神。「放眼古今，融合中西。」做起來實不容易，但我想，這恐怕是當代詩人的試金石罷！

綠：我想，心靈的自由可能是最重要的。詩人要摒棄外界的干擾，寫出自己內心的聲音。但這種自由也很難得。您說詩人要走自己的路，這點我很贊同。詩人要發出自己獨特的聲音。

夏：您說「這種自由也很難得。」不錯。「要發出自己獨特的聲音。」實不容易。例如，當大家一窩蜂都向西方學時髦時，你要回歸中國；當大家都在轟轟烈烈朗讀政治口號詩時，你在寫個人的抒情詩篇；都非要有大無畏的精神及甘願冷落的心態不可。這使我記起，在五十多年前的台灣，當時政治掛帥，口號充斥：大家齊聲吶喊，缺乏個人的心聲。有鑒於此，我和少數同好，發起「藍星詩社」，揚棄八股，復興詩藝，以自由抒發為宗旨，確是相當勇敢及冒險之舉。但台灣如果沒有藍星同仁如余光中、覃子豪、周夢蝶、向明、張健、羅門、蓉子、敻虹、黃用、以及吳望堯、王憲陽、趙衛民等的成就，整個詩壇、甚至文壇，恐怕就沒有今日的盛況。

綠：台灣詩壇群星閃耀，其中很多詩人的名字和詩篇我們都很熟悉，尤其是詩壇領軍人物。詩人們的詩風也都獨樹一幟。中國從八〇年代開始的朦朧詩浪潮，到現在風起雲湧的網絡詩歌和民間詩刊的盛行，令人有「長江後浪推前浪」之感。時代在前進，在現今的數位時代，詩人們比以往的任何時代都擁有更廣闊的自由飛翔的空間，但也有些詩人因此失去方向。近幾年來，華語詩壇上有幾種令人失望的傾向，有的故作庸俗低下，有的專寫大白話，還有的是堆砌意象，不知所云。這些都是詩意枯竭的表現。

夏：網絡詩的興起，的確有可喜及可憂的兩種現象。喜者，任何人都可以上網自由抒發，大大地活躍了社會的想像力。美國近代詩人麥克里希（Archibald Macleish）曾說過：一個社會的真正危機，在於想像力的衰退。英國學者格雷（P. Gurrey）在《詩的欣賞》一書中也說：沒有想像，詩將淪為空言。可是，我們知道，只憑想像，缺乏駕禦語言的能力、以及表達的技巧，則不能成詩，何況好詩！我們引以為憂者，即是這點。我想，在年輕時，每個人都會寫詩；要真正成為詩人，不但要保持想像力、而且要在文字上多多琢磨、在表達上勤下功夫才好。對當前詩壇的紛亂雜陳，我們可以容忍。因為，凡真知灼見者，當能判別涇渭，披砂揀金；時間老人也會將他們作最後的審批。

綠：大浪淘沙，方顯詩人本色。無論是網刊，還是網絡詩歌論壇，網絡詩傳播速度之迅猛，影響範圍之廣，得到反饋之多，是印刷刊物所不能企及的。發表作品的渠道多了，每個人都可以自由地寫作和發表，而且每個發表了詩作的作者都認為自己是詩人。我們還看到，一些有影響力的紙刊和網刊，在包容各種流派的旗幟下，都發表過垃圾作品。我相信有一定修養的讀者是能夠分辨好詩和詩壇垃圾的。

　　我相信更多的時候，是想像力讓詩人飛翔。我認為，詩人應具備以下幾種能力：想像力，觀察力，思考力和駕馭語言的能力。詩人的心靈、智慧、信仰，比寫作技巧更為重要。寫作技巧是可以學習的。

夏：詩人是既是天生，又是人為的。有了很好的天賦、豐富的想像或靈感，不能用文字去妥善表達，還是徒然。所謂心頭到筆頭，何止千里！這要靠後天的努力、不斷的學習、和有恆的探索或嘗試，才能達到「得心應手」的地步。現下，很多年輕詩人的通病是：輕率為詩、不講究文字，更不知詩是「精粹的語言」。

　　沒有規矩，不能成方圓。然而，徒有規矩，也不能成好詩。等到文字（工具）能夠運用自如以後，一首詩的好壞，要憑設想是否高妙。米開朗基羅曾說，作畫靠心而不靠手，應作如是解。

綠：我認為詩應是渾然天成的，是一種心靈感應。詩不是詩人刻意去追尋的東西，更不是刻意堆砌的文字。靈感的產生，是長期修煉的結果。

我很贊同您說的「從心頭到筆頭，何止千里！」寫作技巧需要長期錘煉。詩歌作為人類語言藝術的最高形式，無疑需要對語言的多種可能性作最大限度的探索。這種探索，首先需要繼承詩的傳統，其次是要有創新。當代詩人仍可從唐詩宋詞中得到很多借鑒，如其語言之精煉，意境之開拓，結構之嚴謹，想像力之豐富，等等。

夏：靈感的產生及其品質，實源於詩人一生的修養及感悟。但我從前也說過，詩人如果沒有時間能張開自己的雷達網，則靈感即使在頭頂飛過，也是木然不知。追求名利、熙熙攘攘、為物質享受而終日忙碌者，當然就很難產生詩作，不是嗎？

關於攝取傳統一點，我極贊同。我們對傳統應批判地接受。現在有很多青年，不但不看傳統的古典詩詞，就是看到了整齊分段的新詩，就不屑一顧，認為不夠現代。非要像「跌散字盤」、參差不齊、句子長長短短、散文化的詩才認為是現代。我常說：詩的好壞，和分不分段、有沒有規律、用不用韻都無關宏旨。在內涵不在外殼，「在德而不在鼎。」他們如果有機會，看看西方詩刊和雜誌上的詩能做到兼容並包，成見就可減低。要知詩人各有所愛、各有所長，能貢獻各自最好的作品，讀者就受益不淺了。說到這裡，我對《詩天空》能不斷地譯介西方當代的詩給國內大眾，也介紹中國的給西方，作一座真正的橋樑，其旨向、其使命、其業績，均令人起敬！

綠：我非常感謝中美當代詩人和譯者對《詩天空》所作的貢獻。我希望更多的詩人和譯者能夠加入中美當代詩歌交流這個平台。不少當代美國詩人對中國古典詩詞研究很深，如美國當代詩人查爾斯．賴特（Charles Wright），其詩中的不少意境與中國古典詩詞是相通的。而當代美國詩壇對當代華語詩歌的研究遠處於初始階段。

　　詩人應該給自己一些安靜的時間和空間。安靜是一種強大的力量。安靜不僅僅是環境上的，也是心靈上的。詩人的「神來之筆」，來自外在環境及事物對心靈的撞擊。有些華語詩人對當代美國詩歌一味模仿，寫出來的東西毫無生命力，這是應引以為戒的。寫作雖可借鑒他人之長，但不應遵循或模仿任何模式。

夏：模仿對初學者來說，可能是寫作的第一步。但如果一味追隨西方，那就抹殺了自己的聲音。以前有人提倡過「橫的移植」，那是不智而不為國人接受的。我在前面說過，我們的社會背景與文化傳統，和西方不同，詩人應在這種省悟中寫出獨特的詩篇。當今中國詩人的難題，是舊的已經推翻了，新的不曾建立。在格式方面，我們是沿襲西方的：但內容方面，不該再加模仿，應寫自己的感受。現在雖是「地球村」的時代，但各國都應有獨特的風格，應互相觀摩，互相尊重。我想：「與其是中國的，才是世界的。」

綠：中美詩人的思維方式不同，這是中美要互相學習和借鑒的。創新，對於中美詩人都是一個課題。當代美國詩人已很少寫抒情詩，其詩多以敘事為主。當代華語詩人的風格則是多樣的。有些繼承了中國古典詩詞的傳統，簡潔含蓄，注重意境的營造，有些汲取了西方後現代的表達方式，又有自己的創造，等等。當代華語詩歌依然注重含蓄和「留白」，給讀者留下豐富的想像空間。而當代美國詩歌更偏向直抒胸臆和細膩的細節描寫。

夏：您分析當代中、美詩的不同和傾向，都很扼要、中肯。中國的詩和畫，在傳統上多傾向寫意、留白、和含蓄。所謂「言盡而意無窮」；所謂「烘雲托月」等等，都是此意。中國人素來只顧大端，不究細節。多的是胡適之所說的「差不多先生」。如果隨機邀約十個中國人及十個歐美人前來，請他們各自列出松樹、深海魚、熱帶花卉的種類及名稱，國人肯定不如人家。又、例如我們生活中的廚具、餐具、寢具、工具，都很簡陋，那一種能比得上西方的多樣和細緻？在歐美這種環境中生長的詩人，加上各自豐富的經驗，他們的敘事和描寫，當比我們來得深入及細膩。我們寫抒情詩多，敘事詩少，這是有原由的。將來社會變遷以後，也許會不同。終究，詩和其他藝術一般，都是時代的產物。

我個人喜愛簡約、含蓄、精緻的詩。聲嘶力竭的詩，我是寫不來的。文化背景、教養及個性使然，豈能強求？我也不學時髦。半世紀前，當很多詩人崇尚晦澀（或朦朧）的時代，我已大膽地提出「詩的可讀性」。並預測二十世紀後半紀的詩，「或將以明確清晰為特色。用字經濟，結構嚴密，表達明晰，一反晦澀之風。」我喜用淺近的語言入詩，主張「用字不妨經濟、淺近，內容則須新銳、深遠。」但對於當今「後現代主義」若干感情告白式、及語言過份俚俗的作品，我卻不能欣賞。

綠：詩人應該形成自己的寫作風格，沒有必要隨波逐流。詩人在嘗試不同的寫作手法的同時，要有自己的審美標準。對於詩人來說，最困難的是超越自己。您提出的「詩的可讀性」是很重要的，您的詩也是屬於清新雋永的一類。晦澀與太過直白，都是不可取的。詩的語言要在抽象與具體、清晰與模糊之間找到一種平衡，這要考驗詩人的功力。

夏：詩人難做。在當今的現實世界中，寫詩既無名利可言，又不能依此為生。作品又須推陳出新，「超越自己」。如果對詩缺乏信心、耐心、及熱心；自己也沒有一顆童心；就不會去追求詩了！可是，一個沒有詩及詩人的國家或社會，將會淪為文化沙漠；人類的心靈及精神生活，亦將隨之枯萎。

《詩天空》的特色是譯介當代詩。我覺得，譯詩，比寫詩更難。除了要把握中、西文字以外，還要了解原詩深層的含意。此外，對原作者的環境、心態及風格等均應有相當程度的認知。有人將「寒山寺」英譯為"Cold Mountain Temple"，貽為笑柄，引起爭論。我認為譯詩工作，如不能做到「雅」，至少要忠實地做到「信」和「達」的地步。現在有很多華語詩人，英譯自己的詩，忠實性就不會有太大的問題。總之，《詩天空》四年來在譯介方面的成績，已是難能可貴，希望有更多詩人和譯者參與其事，共襄盛舉。

綠：我想，詩人寫詩是心靈的需要。我認為一首詩是關於一片雲，或關於死亡，或關於全球氣候變暖並不重要。在這喧嘩的世界，如果我們能回到自己的內心，我們將可能遇上一些足以令我們自己驚詫的東西：我們心靈的秘密。心靈的終點只有等到我們到達了才會出現。

翻譯是很艱辛的工作，譯詩更是難中之難。《詩天空》刊發的是雙語詩，有中詩英譯和英詩中譯兩個欄目，主要刊發當代中美（中西）詩人的作品。投稿的要求是原詩和譯作要一並發來。作者可以自譯，也可以請朋友翻譯。我們並沒有一個翻譯的班子，但很多詩人、譯者仍義務地投入其中。一些美國教授也參與了我們的編輯工作。幾年來，《詩天空》已被列入美國耶魯大學英美文學研究名錄、俄亥俄州立大學當代中國文學研究名錄、荷蘭萊頓大學漢學研究院中國文學研究名錄、香港大學圖書館文學名錄等等。

李白、杜甫、白居易、王維等古人的詩，英美譯者翻譯得很多了。但當代華語詩歌被西方譯成英文的並不多。作為全球首家中英詩歌雙語網刊，《詩天空》（PoetrySky.com）不但要把活躍於美國當代詩壇的詩人的作品介紹給中國詩人，也要把更多的當代華語詩人介紹給西方。

二〇〇九．五．十五《詩天空》第十八期

＊綠音：原名韓怡丹。是美國唯一的中、英文雙語網路詩刊《詩天空》（PoetrySky.com）的創始人及主編。著有詩集《臨風而立》（一九九三）、《綠音詩選》（二〇〇四，中英雙語）和《靜靜地飛翔》（二〇〇八）。編有《詩天空當代華語詩選，二〇〇五至二〇〇六》雙語版（二〇〇七）和《詩天空當代美國詩選，二〇〇五至二〇〇八》雙語版（二〇〇九）。其中英文詩散見於《詩刊》、《創世紀》、《乾坤詩刊》、《普羅維登斯日報》及《科羅拉多評論》等。

附錄　早年的藍星

——重刊《藍星談往》

▲ 歷史性的詩人聚會。自左至右：鍾鼎文、覃子豪、向明、彭邦楨、向明夫人、胡品清、羅門、蓉子、夏菁夫人、余光中、余光中夫人。（夏菁在農復會宴請詩友時所攝。）

▲ 藍星詩社詩人聚會。前排：洪兆鉞、敻虹、夏菁夫人、蓉子。後排：周夢蝶、向明、羅門、吳望堯、辛魚、方莘。

前言

「藍星詩社」已成立五十年，當初沒有人能預料到，一個僅以志趣結合的詩社能維持到半個世紀之久。雖然，我們走過來的道路是漫長而崎嶇的，但總是攜手同心地走了過來，而且是歷久彌新。請看我們同仁中，超過七十歲的有七、八位之多，他們和年輕同仁一般，都在繼續寫作，為現代詩努力不懈。近六年來，由於淡江大學中文系出版《藍星詩學》季刊，全力支持同仁的寫作，使我們能專心詩藝，賡續發揚。

時隔半世紀，早年藍星的種種，包括人、事及活動等等，已為歷史陳跡，知道真相和原委者，已寥寥無幾。我現將二十多年前在《藍星詩刊》新七號到十六號陸續登載七年的〈藍星談往〉，整理一番後請季刊重登一遍，一方面可以藉此廣為流傳，一方面忝作慶賀之意。

我離開台灣已有三十六年，雖然每隔二、三年回歸一次，但每次停留時間很短，對藍星的貢獻，遠不及其他詩友；對藍星後來的種種發展和內情，亦不太詳細。好在詩友中，不乏春秋之筆，可以秉筆直書。我則提供些早年的資料和史實而已。

藍星談往

（一）一個星座的誕生

今年（民國六十六年、一九七七）三月是「藍星詩社」成立的二十三周年。二十三歲正是年輕力壯，但對於一個純以志趣結合的詩社來說，壽命已經夠長了！尤其是藍星同仁，散居海外，能繼續活動及出版書刊，名存實在，更不容易。忝為當時發起人之一，格外覺得榮幸！

關於這個星座誕生的確切情形，目前能道其詳者，為數不多。余光中在現代文學（第十七個誕辰）中，雖有介紹，但可補充之處甚多。很久，我就想把當初情形寫下來，總因種種雜務，無遑落筆。去歲返臺度假，也有詩友敦促，現趁此「季刊」擴大復版之際，將記憶所得，寫出來作為將來留心史實者參考。

藍星最初究竟是如何發起的？要答覆這一個問題，還得述說一段緣起。大約在民國四十到四十二年（一九五一到五三）間，我和鄧禹平常有來往，他在新生報等發表不少抒情詩，當時給人以耳目一新之感。那時不少人寫流行的口號詩，或承繼一、二十年來僵化的詩風。我常常和禹平談到，詩人應該要有自己的聲音，要寫自己的情感。剛好在那段時期，除禹平的《藍色小夜曲》外，陸續有幾本抒情的詩集出版：如鍾鼎文的《行吟集》、余光中的《舟子的悲歌》、覃子豪的《海洋詩抄》、以及蓉子的《青鳥集》等。聲音雖然微弱，已顯示了一個新的方向。我那時雖有詩作，但尚未結集，認識的詩人也不多。因此，我常向交遊頗廣的禹平提起，可否邀集上面所述的幾位，來談談詩的創作方向？

這事講了好久，彼此事冗，一直沒有實現。直到民國四十三年（一九五四）的春天，禹平說：「這樣好了，你作一次東，我們約他們來談談。」因此，由我及禹平署名，分邀鍾鼎文、覃子豪、余光中及蓉子前來。那時我住在鄭州路一三五巷二弄三號，由我內子掌廚，請大家便餐。我記得那晚是三月中旬的一個週末（現在查出是三月二十日），客人中第一位到達的是鍾鼎文，然後是覃子豪及余光中等。鼎文和顏悅色，講話則很有權威性。我和子豪雖曾通信，也是第一次見面，覺得他滿面風霜，但很精幹。他還邀來一位寫詩論的司徒衛。子豪認為詩的理論很重要。但我記得鼎文第一句話就說：寫詩最好不要空談理論及主義，給我印象很深刻。余光中呢？我和他以前只是神交。梁實秋先生常向我提起，臺大有一位學生詩寫得很好，同時也在光中前提到我。那晚一見面，就覺得和我自己有很多相像之處，產生了一種特別親密的感覺。後來，大家久等蓉子不來，只好用餐。邊吃邊談，非常投緣，一個星座就在小小的一張六個人用的圓桌上誕生了！

現在我已記不清談些什麼，那晚一直到深夜才散。似乎先是針對現代詩社的紀弦，後來再談到有組一詩社的必要。司徒衛那時好像已和現代詩社有關係，楊允達（我租他父親的房子住）參加旁聽，他已是現代的一員。因此，他們兩位只能算是證人；真正的發起人，只有我們五個。而禹平和我可以說是藍星的催生者！

那末，藍星真正的生日是那一天？我保存多年，有一封蓉子送來，因事不能赴約的信，日期為三月十八日。那信是否當天寫，或前幾天寫？蓉子現也記不清楚。如果一查萬年曆民國四十三年（一九五四）三月十八附近的週末，就可以確定（現已查出為三月二十日）。蓉子那封重要的信，有一次要製版，在廈門街余府遺失，非常可惜，這是藍星最早的資料之一。

這次聚餐以後，我們經常在台北萬國戲院的咖啡室或中山堂茶室談詩。辛魚（邢鴻乾）常來參加。當時他是野風的編輯，也常常寫詩，很多詩友的作品，也在野風上出現過。現在，很少人知道他曾經出過力。至於「藍星」這個名字，倒是覃子豪想出來的，就在中山堂的藤蘿架下，大家同意了這個提議。但子豪所建議的主義、理論、和宣言等，大家都沒有贊成。

說真的，藍星諸君子都要求自由創作，不需教條的束縛。當時實開風氣之先，一振數十年的衰。我說過：「今日吾國新詩如能躋於世界之林，藍星之功，實不可沒！」

（二）兩馬同槽

「兩馬同槽」，是藍星詩叢最初兩本詩集封面上的標記，也象徵光中和我友誼的開始。這個標記原是從一本英詩扉頁上翻版過來的，是兩匹有翅膀的天馬同飲一槽，我已記不清是那一本詩集？可能是雪萊或濟慈。出版的前幾個月，兩人常在我家談到深夜。有時送他上公車，在車站還要談上一、二個小時，任一輛輛巴士駛過。有時，一齊去接洽或看朋友，坐在三輪車上還大談新詩。兩人常常自比是雪萊和濟慈。

最初這兩本詩叢的出版，的確也化了我不少時間。那時我有一個朋友在臺中市的製圖廠工作。他們有剩餘的紙邊可以利用。紙張好，印刷好，價錢也便宜。因此，我們決定請他們承印。我先將《藍色的羽毛》帶去臺中付印；每次我出差前往或路過那邊，總要匆匆抽空去看樣或校對。因為那是一個公家機構，印書只是福利的一部份。有時下了班或晚上前往，出入諸多不便。這樣上上下下，弄了幾個月，總算將光中的先印出。我自己的《靜靜的林間》，晚幾個月到十月才出版。兩本書的封面是共同設計的，簡單樸素。除書名及作者外，兩本圖案一律，中間刊有兩馬同槽的標記。但他用的是靛藍，我用的墨綠，一眼看去，就知是一套叢書。

詩集印出來以後，我們又不懂如何銷售？後來有人介紹去啟明書局接洽代銷。那時，自以為詩集一出，可以一夜成名，洛陽紙貴。所以滿懷大作家的心情去和小商人交道。那知啟明對我們的詩集，興趣不大，雖然賣得還好，已是七折八扣，使我們大失所望，自尊心也頗受損傷。記得在我們交書以後不久，就急急地去結帳，啟明總回說各處還未來結，後來攪不過我們，到了新年，總算付了一個相當數目，但給的是劃線支票。我們兩人當時在銀行好像都無戶頭，認為這是啟明故意拖延，弄得很不開心；過了新年又去交換支票。那時年少無知，總覺得啟明那個經辦人，不是味道。後來經驗多了才知悉，啟明還算不錯。

詩集發行以後，我常常乘出差之便，晚上到各處書店查訪，看看有沒有陳列我們的詩集？位置如何？如果看不到，還要假裝顧客，問問有無這兩本詩集出售？如果看到，則問問銷路如何？如適逢有人翻閱，則屏息凝神：這人如果買去，心中非常高興；如果放下，就感到失望。這種天真的心情，現在想來，實在可笑。

啟明那時發行不廣，僅及幾個大都市。因此，我還在出差時帶書到窮鄉僻鎮去寄賣。下次遇便再往時，即去結帳。這種小地方，常常只能賣四、五冊。有一次，東部一個小鎮的書店老板對我說：「很少人能從臺北親自來結帳，因為，這幾塊錢連吃一頓飯都不夠。」使我啞然良久。有的小書店，第二次去時已經改了招牌，或人去樓空。這種親自銷書的經驗，非過來人，不知其中的甘苦。

這樣不到一年，兩本詩集，總算已賣得差不多。當時可能每本僅印一千五百冊，但已給我們相當的鼓勵。到了民國四十四年（一九五五），我們兩人的詩集，還被全國學生青年投票推薦為當年十本受歡迎新書之一。記得我當時對光中喜稱：「自己出書，好比女人生孩子，生時痛苦，過了又躍躍欲試！」兩人相視大笑不已。

（三）迷你詩頁

民國四十七（一九五八）年秋天，余光中去愛奧華大學深造，公論報上的《藍星週刊》因此停刊。我當時雖接納了光中的交代，承編《文學雜誌》的新詩，總覺得粥少僧多；每月只能登載三數首，內不能滿足同仁的創作慾；外無法一饗新詩讀者的愛好。因此，創議辦一詩刊，當時在國內的藍星同仁，推我出來籌劃。

藍星素來的作風是：誰倡議，誰籌到經費或洽妥園地，就由誰去主編及辦理。那時，子豪還是想續出《藍星詩選》，對於我平實的建議，不太感到興趣。他喜歡要印得富麗堂皇，要夠氣派。黃用及望堯呢？認為小小的構想，讓夏菁一個人去搞好了！這樣，這件事就落在我的頭上。後來，光中在現代文學上說：「望堯和夏菁創辦了藍星詩頁」，那是不確的。他不在國內，不知道當時的實在情形。

我所面臨的第一個問題是：如何在有限的經費及時間下，繼續出版一份詩刊，而不會夭折？很多人憑一時衝動，辦了一、二期，就此壽終，不會發生很大的影響力。但是，詩刊又無法賺錢，誰又能長期賠貼？我後來想到，如果每期只要化一、二百元，印一、二百份，就是不能售完，缺少訂戶，我們還可以承擔。但接下去的問題——在這種迷你型的刊物上，如何能編得精緻豐富，做到麻雀雖小，五臟俱全？除創作以外，還要有詩論，譯介及詩訊？最後，這份詩刊，還要能做到郵寄方便，保存容易，以及訂價便宜。這些問題，現在看來，似很容易，因為詩頁在日後已變成一種傳統及風尚，但在當時，的確費了一番苦心。

在刊物型式方面，左思右想，有一天我從莎士比亞戲劇最早的所謂「對折本」上，得到了靈感，就把一張八開的紙張，折了三次，折成一個信封大小，拿去請教梁實秋先生的意見。梁先生說：「對折本並不是這樣，但不失為一個好主意。」有了這個鼓勵，我就開始積極籌辦，到了那年十二月十日，就出了「創刊號」。

詩頁為什麼要在每月十日出版，而不像其他刊物那樣在一日或十五日出版呢？其中，又涉及一個現實問題。我那時在編《文學雜誌》的新詩，開始和臺北市榮泰印刷廠的翁老板接觸。創辦詩頁之初，常和他商討出版及印刷等問題。據他說，這刊物很小，印價又低，只能說是幫忙性質。他那時承印甚多月刊及半月刊等，在月中及月初太忙；因此，我們決定就在每月十日出版。想不到，這決定也維持了七年之久！

《藍星詩頁》出版以後，很受青年讀者歡迎。訂戶也在二、三期後發展到近一百數十戶。每期訂價一元，長期訂戶每年好像是十元。紙質很好，編排緊湊，雖然有些迷你，尚不失迷人之處。每期詩訊、詩論，從不缺少。我自創刊號起編了一年，共十二期。非但從不脫期，而且總是早幾日封發。我那時常常要出差全省各地，回臺北後，有時要去印刷廠校對；也有時，先趕去發稿，再乘火車南下。翁老板見我叮囑頻頻，總是全力支持，從不食言。每次印出以後，涓妻和我，開信封、貼郵票，她還將一百數十封詩頁提在菜籃內，趕去永和鎮郵局寄發；這種情形，鮮為外人知道。後來光中接編後，我存嫂做的工作，恐怕比我太太還多。詩人而還要辦雜務，且要連累家人，可見辦刊物之不易。自由中國家庭式的雜誌社，想必不少，但對我來說，當時是一種簇新的經驗，現在想起來，則頗為有趣。

我所編的十二期，登載佳作不少。余光中〈新大陸之晨〉是他出國後的第一首。葉珊〈水之湄〉、敻虹〈懷鄉人〉、瘂弦〈早晨〉、向明〈今天的故事〉等等，均在那段時期發表。其他還有羅門及張健的論文及短詩，子豪的新作及譯介等等。我也用李淳的筆名，趕寫了不少詩論如〈當前新詩的危機〉、〈論詩的晦澀〉，以及〈反傳統及中國化〉等篇。我素來不善寫詩論，到時因無外稿，也只能充數。恐怕這是擔承詩刊主編，最困難的一件事。從前如此，今日同仁們編《藍星》，想必也有同感！但我當時預測「二十世紀後半世紀的詩，或將以明確清晰為特色」，以及指出詩人應該「走自己的路，唱自己的歌」。雖然聽著藐藐，我到現在也沒有感覺後悔。

最使我心冷的事，莫過於出了近十期、光中快回國時，我邀了藍星同仁在我永和居處聚餐及檢討，有幾位同仁對詩頁反應不太熱烈，且略有微詞。這也是藍星的一貫作風，固不足為奇。有很多次，為了別的事情，吵吵鬧鬧，歡聚變成掃興，也是詩人不失赤子之心的一例。我辦了一年以後，實在因為事情太忙，又要準備出國，所以將第十三期交給子豪接編，從十四期起，光中學成歸國，以簇新姿態，接辦詩頁。

從詩頁創刊到今天，已將近二十年。恐怕現在有全套詩頁的人絕無僅有，如果將這前後七年、六十三期合訂成冊，實在洋洋大觀。不但其中詩訊已成歷史文獻，各人創作的歷程，也展露無遺。不少今日成名的年輕詩人，當時正初露頭角。邱隆發在〈一面古鏡的話〉《藍星詩刊》新二號裡認為：「藍星詩頁是藍星一系列詩刊中，維持最久，水準極高，編排精緻的一份刊物。」誠非虛語。後來這種迷你詩頁，還頗為其他詩社所採用，風行一時！

至於我所保存的詩頁，有一次遇永和大水，頗有損失。光中在〈書齋、書災〉中曾經提及，說是到處飄盪，連狗屋內外都是。那是詩人神來之筆，不可全信。後來，我將所存，轉交夢蝶兄。現在，我身邊僅有早先九期、對我所主編的十二期，還少第五、七、十期。希望將來能夠補全，隨我到七海去漂泊！

（四）藍星詩獎

上期談到詩頁，有一件事忘記提及，那就是詩頁的刊頭。這個設計，是楊英風先生的傑作；這個刊頭，也就是藍星詩獎的真貌。

先談談這座詩獎。楊英風是我農復會的老同事，他曾在豐年雜誌社任藝術顧問。早年，我常常有事去豐年社，就和他談談藝術。我很欣賞他的作品，在粗獷鄉土氣息中兼具細緻。我們的接觸維持得很久。後來，他去羅馬回臺，遷來南海路農復會附近，我也常常去拜訪他，也曾寫過詩描述他的畫室及雕塑。

民國四十六（一九五七）年藍星舉辦詩獎之初，認為需要一座藝術雕塑，頒給得獎人留作紀念。討論結果推我和楊英風接洽。他一口承諾，義務作一個模子，並翻造了四座，僅收了一點點工本費。這些雕塑，塗以金色，顯得莊嚴堂皇。後來這個設計曾用在藍星各種詩刊及叢書上，變成詩社的標誌。楊英風可說是早期支持藍星的少數藝術家之一。

關於詩獎的頒獎，得獎人及其成就，光中兄曾為文介紹：詩壇上亦知之甚詳。主頒人梁實秋先生的講詞，也由我當場筆錄，整理發表於詩頁。我還記得他對藍星的鼓勵之詞。所有這些，已有文獻可稽，不必在此贅言。倒是有一件事，時隔廿年，除當事人之外，大家還蒙在鼓裡！

就在儀式開始前的一刻，社內的幾位同仁，排定工作及座次。當時，擔任主席的可能人選有兩位，一是鍾鼎文，一是覃子豪。他們兩位，年歲較長，寫詩資歷亦深。由誰擔當，均無不可！當時好像是鼎文珊珊來遲，或是子豪當仁不讓，抑或有人建議由子豪擔任，因他出力較多，對社務較為熱心。總之，這一個主席的角色促成藍星的一次分裂。

頒獎過後不久，鼎文起立發言，即席提出脫離藍星，弄得我們目瞪口呆，不知如何處置？藍星原為一種志趣的結合，從無正式參加手續，當然也不必鄭重聲明退出。在這以前，鍾、覃兩人之間，究竟有什麼不愉快？現在逝者已矣，只有鼎文自己清楚。但在這種場合，總有煞風景之感；也許鼎文有不得已的苦衷，未可知也！吾國士大夫頭可以斷，名位不可不爭，也是一種傳統，原無可厚非。我個人持平的看法，認為作為一個詩人，應重視的是作品，世俗的名位，算得了什麼！

這件事發生以後，大家都討了沒趣，藍星以後也不再發獎，但對詩社的發展，影響不大。望堯兄後來私人頒發現代詩獎，與藍星無關，也是十多年以後的事了！現在不知道這四位得獎人還保留這座詩獎，重視那次得獎否？

（五）木屋畫展

望堯原是一個多才多藝的人，他還有一種不賣帳的個性——認為別人能做的，他可能做得更好！有一個時期，他住在三重鎮菜寮一個朋友的宿舍裡，忽然購買了些刷子、油漆及蔗板之類，開始了他另一種藝術活動：繪製抽象畫。

我不知他的動機（望堯現已逃出越南，住在臺北，可以就近問他）。但一開始，他繪作甚勤。我很有一陣見不到他，就去菜寮探訪。只見在一間狹窄的房間內，零亂地堆了些油漆罐頭之類，室旁紛陳了他的傑作。我的印象是，他的作品色彩倒是很鮮艷，對比也很強烈，如此而已！（他喜歡用黑色及猩紅）他向我蓋得頭頭是道，並邀我參加試作。

不久，我也開始塗鴉起來。起初不知從何著手，漸漸也頗胸有成竹。記得有一次，望堯很得意地向我提起，他用一、二個新方法作畫，很是成功。一種是把各色油漆調配後，讓它盪漾在水面上，自然形成抽象圖形，等乾後即成一畫。還有一個方法是用擠牙膏或丟炸彈的方式，把油漆快速擲到蔗板上，也可成為一幅動人的抽象畫。我對他的方法並不熱衷，還是相信用自己的手去畫。

其後，我也在家裡作起畫來。成本很低，也頗有趣。畫了大概有十張之多。記得有一張隱約顯示神木的姿態；有一張是太陽；還有一張是中國的廟及龍的象徵。說是抽象，其實畫時心中有一具象。畫好以後，還大大炫耀一番。有一張掛在自己的客廳，數年之久。

望堯和我有了很多作品，不開畫展，豈不埋沒了天才？正式的畫廊不會接受我們的作品，只好借用我永和的木屋作一天的展出。日期好像是在民國四十七（一九五八）年十一月底的一個週末。在我小小的客廳兼飯廳之內，掛得琳瑯滿目，除我倆的畫以外，還借了多張名家作品，以壯藝膽。因此，那天的確是泥壁生輝，我還照了不少彩色幻燈片。這個畫展，非但不收門票，還以午餐招待少數友人。但望堯卻邀了不少人來看畫，大都是寫詩的朋友，其中有一位現在已是聲譽卓越的藝術評論家楚戈。當時他們評論得如何？我已記不清；楚戈看了，笑一笑不置一詞。只是那天我們準備十二人，卻有十五位一起用餐，害得我存嫂只能遷到廚房中吃飯！（光中那時在美國讀書）

畫展以後，大家興趣也慢慢消失。這些「名畫」也漸漸流失無存。我只保留了幾張幻燈片，如果將來有人想一覩名畫的真面目，我可以放映或設法製版印出，絕不要求版權！

（六）有志一同

民國四十五、六（一九五六、七）年間，我常常去廈門街光中兄處夜談；有時直到深夜，才乘三輪車回永和鎮。談的內容，大多是詩及詩壇種種。有一晚，我們談到詩的表達及經驗問題，曾經用一個數學上的簡單譬喻，作為解釋。我們認為大眾的經驗是一個大圓，詩人的經驗是一個小圓。最好的表達，應該在大圓和小圓的相切點。這樣，詩人小我的經驗，才能為讀者大眾所接受。這個理論，記不清是誰提出的？但當時我們都認為很妥貼。那時，現代詩的種種問題，還未提出，等到晦澀之風盛行，就把這種想法，看得一文不值；我個人認為這是一件值得遺憾的事。

自從望堯及黃用參加夜談以後，情形大有不同。黃用以少壯現代詩人姿態出現，論詩品人，新銳衝刺。望堯則喜歡談鬼說怪，有時講過午夜，索興睡在余府地板之上。記得有一次，他趕回宿舍，越籬不慎，竹尖刺入前胸，臥病數週之久，但我總是在十二時以前打道回府。

我是不大會瞎聊的人，而且白天總要準時辦公，有時還要出差，不能久談。至於鬼怪之類，素無偏愛；因此，聽聽別人，也就算了。望堯非但談鬼，甚至扮鬼嚇人，尤其要嚇我存嫂。雖然余府兩老略有忌諱，光中則始終不以為悖，詩人與赤子，相差幾許！

有一晚，望堯鼯鼠技窮，光中三緘其口，大家似乎無話可談，推我講些出差見聞之類。那時，我剛剛看過「宮本武藏」第一集，就原原本本，大大喧染一番，除劇情以外，引申一些「劍道即人道」的哲理，聽得他們極為神往。

記得那時，講電影以西洋影片為貴，看日本電影，似乎不登大雅，難以啟口。所以，我開始時，講起來還頗靦覥，後來，看到他們頗為動容，也就放膽描述。等到講完，已經時近一點；立即倉皇僱車，飛越淡水河。後來，他們還引為笑話，認為大丈夫毋庸如此；其實，我翌日一早，還要南下！

從此以後，不看日本電影的光中及望堯，也變成有志一同，經常去看日本片；有很長一段時期，幾乎每片必看，對於劍俠之類，絕不放過。鶴田浩二、三船敏郎，不絕於口。尤其是望堯，一舉一動，頗有日本劍俠的氣派（其時中國武俠片還未盛行）。那時有一位本省小姐，苦苦向他追求，頗有八千草薰的楚弱，我私下對涓妻說起，望堯真像宮本武藏！後來他真像俠客般隻身去了越南。我第一次去美時，在民國五十一（一九六二）年詩人節緬懷國內藍星諸君子，曾作詩戲道：

> 武士拂袖而去，
> 踏著宮本武藏雲遊的腳步，
> 苦了那女子珊珊，
> 在水之湄等了幾個下午。
>
> ——〈愛的諸貌〉收在詩集《少年遊》中

至於我呢？後來也沒有繼續看很多日片。有時一年之內，難得去戲院一、二次，到現在還是如此。祇是那一晚的戲談，卻引起連鎖作用，閒聊談天，可勿慎歟！

（七）賽詩

正如光中在序我的詩集《山》中所說，早期我們過從甚密，常常「袖懷新作，有所眩耀而來」。總是草就一首以後立即拜訪對方，共同欣賞一番；讚許多於指摘，容忍多予反駁，也許是維持友誼的最好方法。這種相互觀摩激勵的行動，也是促進創作的最好能源。後來望堯及黃用相繼參加，這種「少年比武」的興緻還維持了一個時期，直到民國四十七（一九五八）年秋，光中第一次出國為止。

雖然，我們具有此起彼落的競試歌喉，倒也沒有擊缽齊吟的行動。只有一次，光中、望堯及我，在我永和木屋的一個下午，大家議定以下午或黃昏為題，各寫乙篇。那是民國四十六（一九五七）年的八或九月，我寫了一首〈三點鐘〉，後來收入我第三本詩集《石柱集》（香港中外文化事業有限公司出版）。那時，我已出版《噴水池》，詩風已經逐漸在改變，揚棄了長短句，形式方面趨於自由。茲將原詩錄下，作為風格上的比較：

三點鐘

太陽已厭倦於白熱的瞭望，
欠下身來，探視一朵朵的綠蔭如蓋，
開始計算著長廊石柱的投影。

而風這頑皮的少女，也不甘寂寞，
故意搖醒這一列午睡的鳳凰木；
又不斷地來廊下穿行，
赤著腳，曳著長裙。

望堯的一首，我起初托洪兆鉞兄在《玫瑰城》中找出複印，因為《玫》集中並無標明寫詩日期，十分難找。後來望堯逃出越南，向他函索，他記得此事，寄我一首〈太陽船〉。詩好像不錯，但是他說發表日期為四十五年十月，使我不敢贊同，不知他有否記錯？現在且把它錄下如後：

太陽船

白晝有一條神祕的航線，
划來隻鍍金的巨船，
當它駛過頂空的子午線，
便緩緩地扯下了帆。

沿途它穿越緊密的光波，
或停靠於云的海岸，
當它卸下批閃爍的白銀，
又馳向另一個港灣。

但在它駛近黑暗的時候，

船上卻焚起了大火，
使它沉沒於灰色的浪濤，
卻濺起了銀星千顆！

至於光中的一首，我曾去函香港，兩度索取，不得要領。有一次我自泰國經香港返台度假，在港當面提及，並在他書房內翻閱舊集，也無所獲。光中說，他可能寫的是〈下午六點半〉，但未收入任何詩集內。來台後，望堯對我說，光中寫的好像是金馬車之類，我將信將疑，又到光中廈門街舊居的書室，翻視一遍，並無結果，只好從缺。二十多年的舊事，大家已不復記憶，亦難以考證。好在這三首詩，後來也未加評定，不了了之。只覺得，後世論評考證之難，能不落入「摸象派」者，幾希焉！

（八）早期的幾位同仁

辛魚

辛魚是藍星最早的同仁之一。他本名邢鴻乾，當時在台糖公司編《台糖通訊》及《蔗報》。早在民國卅九、四十年（一九五〇、五一），他和幾位同仁創辦了《野風》。那是一本純文藝刊物，這類刊物當時國內極少，因此很受青年們所歡迎。辛魚在《野風》上發表的詩作，耳目一新，很受人重視。鄧禹平、光中及我，也有新詩在《野風》發表。辛魚夫人黃楊女士，翻譯〈約翰・克利斯多夫〉，連載數期，轟動一時。

民國四十三年（一九五四）夏，藍星在中山堂頻頻聚會，辛魚也常常前來參加，對詩社種種，建議甚多。他很少說話，但語多中肯，面露笑容，不亢不卑。他後來出版的《擷星錄》，列為藍星詩叢之一，其紙張、封面及排印均與《藍色的羽毛》及《靜靜的林間》相同，只是顏色為橙紅。想必不少同仁還未見過、讀過呢！

四十五、六（一九五六、七）年以後，他因本身工作太忙，漸漸和藍星疏遠。其實，據我所知，他對於當時晦澀之風，曾作沉默的抗議。

辛魚溫文儒雅，數十年如一日。在我們中間，他看起來最具詩人的風度。去年（一九七九）我回國度假，藍星同仁有機會見到廬山真面目，才信我言之不虛。

季予

季予是宋漢章的筆名，在吾輩中年紀較輕，但詩寫得很早。民國四十三（一九五四）年冬，他已與麥穗合出了一本《鄉旅散曲》。後來，又譯介及出版詩人巴斯特納克的《齊瓦哥醫生》（節譯本）。在早期的《文學雜誌》上，他也發表過評《噴水池》的文章，寫得非常中肯及練達。這時他還在東海大學讀書呢。

我認識他較早，也因我的關係，他成為早期藍星的一員。祇是他那時在台中求學，不能常來參加藍星種種活動，因此很多同仁都和他不熟。季予在東海好像是首屆畢業生，是葉珊的前輩，他念的也不是外文，但對文學及新詩很有興趣。畢業及結婚以後，很早就去美國。現在，他雖常回台北來辦理業務，但已很久不彈此調矣！

可是，有一件事，不能不提。他與望堯認識很早，好像望堯的在藍星圈內出現，就是因季予的介紹。記得望堯第一次隨季予來看我，我還住在台北市同安街，時在四十四、五（一九五五、六）年間。那天，望堯只穿了一件汗衫，給我的印象——非常現代化！

鄧禹平

禹平成名極早，毋庸我詳細介紹。民國卅九、四十年（一九五〇、五一）時，他的抒情詩在《新生報》及《經濟日報》等發表，傳誦一時。寫詩的朋友，都對他十分傾倒。《藍色小夜曲》的出版，為當時詩壇一大盛事。

我與他的交往，始於民國卅九年，因為中國實驗歌劇團的關係。其後，有一段時間，我們過從甚密。那時，我還不認識光中及子豪等，但常常和他談論新詩的方向及發展。就因為這樣，我們發起邀集純粹愛詩、寫詩的朋友聚談，「藍星詩社」因此產生，說來已經是歷史了。

禹平在詩社創立之初，幾乎每會必到，出力頗大。他八面玲瓏，善於辭令，因此也排解了不少爭執。藍星能免於堂皇的宣言及教條，禹平之功，實在很大。當時如果不是他用「以蜀制蜀」的辦法，我們對子豪所提出的信則，可能束手無策。以事論事，子豪的詩寫得很好，人又熱心，其他則未必！

後來，禹平的興趣集中到影劇，就沒有時間繼續寫詩。最近，我聽說禹平已經「歸隊」，並與藍星同仁交往頻頻，聞之頗為興奮。最近，我回國度假，得以見面數次，覺得他對詩社的熱誠，不減當年，希望他繼續寫詩！

黃騰輝

這位早年的詩社神祕人物，我所知不多。他是當時詩社唯一的本省人——新竹籍。因為子豪的關係，加入藍星。記得在四十三、四（一九五四、五五）年間的種種聚談，他總是遠途趕來參加，有時又匆匆搭車趕回。他態度謙遜，微笑寡言，給人以成熟及溫和的印象。

騰輝在公論報《藍星週刊》上發表不少作品。好像四十六、七（一九五七、八）年以後，漸漸不見他的作品在藍星的刊物上發表。他當時預告的詩集《畫像》，後來有否出版？我也不知道了。

黃用

黃用的出現，非常突然，也非常突出。他的進入藍星，完全是余光中的關係。余黃兩家，本是世交。那時，黃用正在台大念書，常與光中往來。漸漸他在藍星各種刊物上寫詩、兼寫理論文章，變成藍星早期的重要同仁之一。

黃用那時很年輕，很有銳氣。不但詩寫得好，而且所撰詩論，使人耳目一新。他又非常活動，和年輕一輩詩人，不管是藍星或其他詩社，都經常接觸和交往。跨上鐵馬，乘風來去，心直口快，也惹出不少是非。但由於他的出現，我們都變得保守起來。我和光中，那時常在寫「天機獨窺」的長短句，對他的反對明朗，傾心獨白，以及寫出「少女是戀愛的機械」等等，大吃一驚，也起了不少化學作用。可以說，黃用對現代詩，對藍星的現代化，的確有他功不可沒的地方。

然而，黃用也帶來了不少困擾。他對子豪的不滿，使藍星瀕於分裂；他倡議另組詩社，幾使藍星無以為繼。他讚成晦澀，變成一時風尚。但不多久，他即出國，對詩也就漸漸淡漠。直到數年前，他回到台灣，我也回台休假，他和光中前來看我，談起少年盛事，多不以為然，他已變得保守、圓熟起來了。

黃用是藍星早期的一顆彗星，光芒萬丈，瞬即駛出眼界；將來他的橢圓形軌道是否還會回歸？尚是個未知數。但事過二十年，我們對他的銳氣和灼熱，還是很懷念。其實，要寫黃用，最佳人選乃是光中。我憑個人的印象及回憶，難免有錯失之處。好在這一欄「藍星談往」，同仁都可以繼續寫下去，如有偏差，也可糾正。

（九）情人的爭吵

詩人佛勞斯特似曾說過：「我與世界有過情人的爭吵」。爭吵，在情人、夫妻、朋友之間，是免不了的一件事。越是親密，爭吵的機會越多。陌生及客氣的朋友，泛泛之交者，反而用不到熱烈地爭吵！

無可諱言，我們藍星同仁間的爭吵，相當的多。早年如此，現在是否好些？因我長年在外，難以知悉。詩人特別敏感，自尊心又強。常常為了作品的好壞、刊出的先後、見解的不同，在編排時、飯桌上、聚談中短兵相接，爭得面紅耳赤。藍星往年餐聚甚多，幾乎每飯必吵。涓妻每次都引以為憂，常問我：「今晚你們吵架了沒有？」那時，如果有人把爭吵的原因、經過、以及有何結果，記錄下來，這冊

「藍星爭吵史」，當有助於對藍星發展的瞭解。

詩人或藝術家，都有常人的弱點。有的因為過份著重自己的聲譽，好勝、或急於出人頭地，難免對不合意的事物，提出異議及劇烈爭執。這種情形，其實在文藝、影劇及音樂界也屢見不鮮。

最重要的是在於吵而能和，吵而能再見面，吵而能把社團維持下去。藍星已經吵吵鬧鬧四分之一個世紀，誰說這不是情人的爭吵？

（十）君子之交

大體上，藍星的結合，可以說是君子之交。詩壇上流行一句笑話：「藍星最大的好處是消極」，不是沒有理由的。藍星不像其他的詩社，常常相互之間，競為標榜。你捧我是第一流詩人，我讚你是不世出的批評家之類。藍星從成立到現在，同仁們還是保持著一種謙謙的君子作風，一種道義的精神結合。也許，就因為這樣，才能維持到今天。

四分之一個世紀以來，藍星同仁之間，相互推介的文章，可能不會超過十篇。我因手頭無資料，只是憑記憶的估計。而且，許多這類文章，寫得冷靜客觀，沒有吹捧之詞。早期，余光中於四十六年在《文學雜誌》上寫四位得藍星獎詩人，語多中肯，並無溢美之處。而且還包括了其他詩社詩人——瘂弦。我的詩集《噴水池》出版以後，季予有一篇書評發表在《文學雜誌》上。向明的《雨天書》及夢蝶的《孤獨國》出版以後，我在《聯合報》寫一篇介紹，時在民國四十八年（一九五九）秋天。但我在前一年的《自由青年》月刊上，也曾讚賞了瘂弦的《馬戲的小丑》。漸漸地，同仁對外論戰的文章寫得較多，推介詩友的反而較少。我自民國五十七（一九六八）離台以後，這種文章大部份看不到；知焉不詳，想來也不會太多。我的詩集《山》出版時，光中曾為文介紹，其中寫道：「夏菁的短詩每優於長詩」。我也不以為悖，也沒有反駁。他誠懇地說出實在的感覺，我也可虛心容納他的意見。我真不懂，為什麼有些詩人常常為了一點點小事而鬧翻？

當然，在這個一切要靠宣傳的時代，藍星這種君子作風，表面上要吃虧一些。很多年輕人，覺得我們不夠積極，不夠有勁，不夠有味！他們加入別的社團，可以在一夕之間，捧為新銳，對他們頗有鼓勵作用。但藍星同仁努力的目標是千秋之業，並不是爭一日之長！

（十一）鄉土詩

現在提起鄉土詩，都認為這是近年來的新方向。其實，藍星同仁中，也有不少人在早期也寫過。我自己的作品如下述。

首先，在我四十六年（一九五七）出版的《噴水池》中，也有好幾首，如〈趕鳥姑娘〉，〈種花老人〉，〈水鳥〉等。最後一首，鍾鼎文還特加讚賞。在同一時期，我在《中央日報》等處，也發表有〈按摩者〉，〈水牛〉，以及〈小鎮風情〉等詩。其時，因工作上關係，上山下海，幾乎跑遍台灣全省及其離島，難免有很多感觸。我寫〈蘭嶼詩抄〉及〈橫貫公路〉等詩，均在廿年以前，那時，很少有人前往！在〈小鎮風情〉中，有下列數段：

唯一的馬路鋪上了柏油，
兩邊是商店，車站在盡頭，
每株行道樹都修剪整齊，
這裡的居民很富有生氣。

年老的鎮長騎著車上班，
一路和鎮民點頭攀談。

當時小鎮上這種和平親切的氣氛，現在恐怕已經蕩然。可是，那時我的那些親密的詩友，都譏笑我是「小鎮人物」。因此，我也漸漸失卻了寫這類詩的興趣，不少這類的詩，也未編入我的詩集。鼓勵與嘲笑，可勿慎歟！

那時，我還用「林盛」的筆名，在台灣農村中發行最廣的《豐年》雜誌上，改寫了二、三十首台灣民謠，後來也因缺乏鼓勵及興趣，未能將之收入專集。有心人士不妨翻翻民國四十四、五（一九五五、五六）年的《豐年》，可以看到每期一首，還配有插圖。

（十二）對舊詩的態度

藍星同仁中，從早期到現在，不乏對舊詩能夠欣賞的同仁；這是當時在其他詩社所少見的現象。如果說要承受傳統，恐怕藍星詩社最有資格。

在民國四十五、六（一九五六、七）年間，我們的態度是這樣的：對舊詩詞還很欣賞，但對一般舊詩人的作風，則並不苟同。也許，這是代溝的關係。現在，我相信，同仁的態度比較容忍得多了。

我不記得，那時有什麼同仁，在新詩以外，做過舊詩。如有，也不會拿出來「獻醜」。我寫過一首，送給光中，記得如下：

九十同登泰山

海內知音絕，淒淒吾與君。
弱冠倡新律，白首吟猶欣；
風雨百年過，日月登高新，
明朝化鶴去，伴君遊太清。

遊戲之作，但盼有此一日，則心滿意足矣！

（十三）明朗與傳統

這兩個問題，討論了近三十年，現在可以說是塵埃落定了！

但在民國四十六、七（一九五七、八）年間，幾乎百分之九十的新詩人都跟著晦澀及反傳統走。以為不如此，便是不新銳。藍星不少同仁，也不例外。

現在翻閱《藍星詩頁》第三期及十一期我寫的短論中，有兩段話如下：

「如果我們的假設不錯，則二十世紀後半世紀的詩，或將以明確清晰為特色。用字經濟，結構嚴密，表達明晰，一反晦澀之風。」

「我們要用揚棄、批判的方法反對或接受傳統，不是不問黑白是非的一律加以反對。」

在這些議論發表的當時，作者確要有很大的勇氣。要有一種「雖千萬人，吾往矣」的氣概。所幸，這種預測及看法，現在都已得到證實和認同。

有人批評藍星沒有什麼主張及信仰，這是不甚正確的。他如果翻閱歷來同仁寫的意見，不難看出端倪。藍星同仁，大都不願大言不慚，高倡口號；只是想用潛移默化的方法，為新詩提供模式及意見！好像春雨，來勢不凶，後果卻大。

（十四）和而不同

從表面上看來，藍星同仁似乎都是紳士、淑女、學者及中產階級型；其作品及為人多和平中正。但如仔細剖別，實在各有千秋。彼此能做到和而不同，並不容易。

姑蘇鄧尉山有一司徒廟，園中有樹四棵，姿態絕美，已逾千年；同為柏樹，卻呈「清、奇、古、怪」四型。藍星同仁如必須分類，也可有此四類；清澈如水、奇峰迭起，古意盎然，怪石奔雲。各類誰屬，明眼人不難猜測。各具千秋，不能以一概全。

（十五）藍星的貢獻

「藍星詩社」對詩壇的貢獻，以我的淺見，可以從兩種角度來看。第一是從個人作品及所辦的刊物著眼，份量及素質，已經有目共鑑。當然，真正的價值，還有待將來進一步的肯定。也不是三言兩語可以概括。

另一個角度，可以從歷史的眼光來看。究竟藍星詩社有什麼與眾不同的貢獻？我願從這方面，作簡單的探討。

歸納起來，藍星在這方面的貢獻如下：

——復興純正詩藝

——對傳統具有承先啟後之功

——文人相重，民主榜樣

第一，在民國四十三（一九五四）年藍星成立之初，台灣正流行一種夾襍八股、口號、及普羅的詩體。這類詩，恐怕是從民國二十六（一九三七）年抗戰以來的主流。不信查查那時大陸的詩，和當時台灣的詩，除意識外，有什麼不同？如果翻翻四十年前後台灣的報章、詩集或刊物，這類作品，佔了極大部份。「藍星詩社」的出現，不但刺激了新詩的技巧，並也大大地擴充了新詩的領域，以及新詩人的視野。藍星對純正詩藝的復興，功不可沒！

第二是藍星一開始，就反對「橫的移植」，主張對傳統批判的接受。當時，很多年輕人均不以為然。這和稍後偏激的中西論戰，也有淵源關係。只憑意氣，不加研究，那時很多詩人犯了幼稚病。凡稍稍涉足西潮者，覺得中國傳統並不樣樣不如西方。現在塵埃落定，詩壇趨於成熟；正視傳統，已成不爭之論。當時藍星持平的作風，非但糾正了詩壇的偏頗，對整個文化界，也具有澄清作用。承先啟後，誰曰不然！

最後，藍星的能夠維持這麼久，並不像其他社會上的團體，可以依靠外在的力量或什麼基金會支持。僅僅以詩結合，堂堂正正，歷三十年而不衰，細水流長，實非易事。如前節所述，各人氣質雖不盡同，但能尊重每個人立場及其作品，和洽相處；偶有激辯，也屬「情人的爭吵」。這種君子之交，「文人相重」的集合，恐怕是自由、民主社會所產生的一個好榜樣。潛移默化，對其他詩、文團體及個人，影響深遠。

民國六十六年到七十二年（一九七七—一九八三）
寫於薩爾瓦多、泰國及牙買加
二〇〇七・十二・三十一《藍星詩學》第二十四期

後記

年輕時，我很想一邊寫詩、一邊評詩，對吾國初期發展的新詩及其理論，有所貢獻。後來因本身公務太忙，又覺生也有涯，就集中寫詩，放棄了後者。嗣後因編《藍星詩頁》、《文學雜誌》、及《自由青年》的新詩，有時就寫些短論和評介來充篇幅。同時，我在報章及其他刊物上也發表些文章。

我一向認為：詩乃性靈的產物，如水中月，鏡中花，很難捉摸，不易界定。詩藝本身又博大精深，若山之崇、海之深，豈易蠡測？我所見和所寫的，只是管中窺豹，一斑而已！全集大致以年月順序排列，以示年輕到現今對詩的看法。因涵蓋了自五十年代以來的半個世紀，零星寫作，難免有重複之處，但讀者也可以藉此見到，有些觀點，乃歷久不變，甚至愈加肯定。

我在一九五〇年初起，就開始寫些評介。第一篇是推介鄧禹平的《藍色小夜曲》。當時政治口號詩充斥，而此集是一本純粹的抒情詩集，清新脫俗，有些詩很可朗朗上口，一時風靡了不少年輕人，我也十分喜愛。這篇評介分兩期在早年《經濟時報》上刊出，時在一九五一年八月。因為這篇評介，和禹平交往更深。不久，兩人連名發函邀請詩人，如余光中、覃子豪等，成立了「藍星詩社」，以自由創作，振興詩藝為宗旨。我寫這篇評介時，年僅廿五、六歲，現在看來頗嫌青澀，語多獎飾，因此文和成立詩社有關，遂不顧藏拙地將之納入此集。

一九五四年成立「藍星詩社」之後，我在《公論報》的〈藍星周刊〉上寫些短論。其中有一篇較長的連載，是批評詩壇元老紀弦的，名為〈氣質決定風格〉。在一九五八年夏天刊了三期以後，忽然《公論報》停刊，無以為繼，連原稿都失落了，我也沒有存底，就此結束。這恐怕是對紀弦詩作的一篇坦直的文章；在這以前及後來多少年，我不記得有人敢對他如此直言。可惜，現在因殘缺而無法呈獻給讀者。

我在一九五九年十二月創立及主編《藍星詩頁》以後，用了「李淳」的筆名或詩社名義，陸續寫了不少短論，現在找出來予以正名，納入此集。漸漸地，我也在《聯合報》、《文星雜誌》、《自由青年》、及台大《海洋詩刊》等，發表評介或詩論。其中對當代名詩人如余光中、周夢蝶、向明、瘂弦等的推介，具有歷史性；我對美國大詩人佛勞斯特的推崇，也是台灣最早的少數介紹人之一。但這種與詩為伍的年輕時光，好景不常。到了六〇年代，因兩次出國深造、考察，後來又應聘到聯合國工作，僻居海外四十餘年，睽離本國詩壇過久，雖然和當年詩友，未斷連繫，但對於年輕一輩，則很生疏。不在故國，難聞本土花香。對於評介及詩論，也就少寫。而且，年歲愈大，愈感到自己創作的迫切性，就不及論評了。近年以來，因受詩友的訪談，倒也發表了不少對詩方面的淺見。

這本集子中，不少是早年的作品，其價值如果不在所談所論、也自有其歷史的意義，給將來研究吾國新詩發展的史家、學者，多一筆資料，多一種參考。全集分為四輯及一附錄：第一輯多為早年的短論；第二輯是推介當代詩友及其作品的文章；第三輯為討論現代詩及詩人之作，包括一九六〇年代台灣現代詩論戰時的產品；第四輯為近十多年來的訪談及詩的對話。最後的附錄，是一篇「藍星詩社」早年成立經過及人物的回憶，供有心人士的參閱。一個甲子，轉眼已過，雪泥鴻爪，我究能留下些什麼？

走筆至此，使我回想到自一九五〇年以來，對詩念茲在茲，到底我對中國詩壇有什麼貢獻？是不是在於發起「藍星詩社」、主張詩人要自由創作、不受政治影響？是不是首創「詩頁」、使詩人們在窮困時代有園地可以發表？或是我實驗了各種詩體（長短句、十四行、自由體、散文詩、詩劇、自傳式抒情長詩以及寫過諧詩、鄉土詩等）為年輕詩人開闊了視野？我的詩論（如提倡「詩的可讀性」等）及譯詩又有何種影響？這些，我都無法計較，將來由別人去判斷。我只是在實踐年輕時、第一本詩集中的諾言：「詩，在我是終身的追求。」但到了今日，我究竟追求到些什麼呢？在上帝的競技場中，我只像一頭勇往直前的賽犬，永遠也追不到那隻靈兔。

最後，對秀威資訊公司繼續支持我出版此集，以及青年學者劉正偉博士的悉心校核，深表謝忱。

夏菁

二〇一三年一月一日

於可臨視堡

文學視界21　PG0903

窺豹集
——夏菁談詩憶往

作　　者／夏　菁
責任編輯／黃姣潔
圖文排版／王思敏
封面設計／陳佩蓉

發 行 人／宋政坤
法律顧問／毛國樑　律師
出版發行／秀威資訊科技股份有限公司
114台北市內湖區瑞光路76巷65號1樓
電話：+886-2-2796-3638　傳真：+886-2-2796-1377
http://www.showwe.com.tw
劃撥帳號／19563868　戶名：秀威資訊科技股份有限公司
讀者服務信箱：service@showwe.com.tw
展售門市／國家書店（松江門市）
104台北市中山區松江路209號1樓
電話：+886-2-2518-0207　傳真：+886-2-2518-0778
網路訂購／秀威網路書店：http://www.bodbooks.com.tw
國家網路書店：http://www.govbooks.com.tw

2013年1月BOD一版
定價：280元
版權所有　翻印必究
本書如有缺頁、破損或裝訂錯誤，請寄回更換

Copyright©2013 by Showwe Information Co., Ltd.
Printed in Taiwan
All Rights Reserved

國家圖書館出版品預行編目

窺豹集：夏菁談詩憶往 / 夏菁著. -- 一版. -- 臺北市：
秀威資訊科技, 2013.01
面； 公分. --（文學視界；PG0903）
BOD版
ISBN 978-986-326-062-2（平裝）

1. 新詩 2. 詩評

820.9108 102000616

讀者回函卡

感謝您購買本書，為提升服務品質，請填妥以下資料，將讀者回函卡直接寄回或傳真本公司，收到您的寶貴意見後，我們會收藏記錄及檢討，謝謝！如您需要了解本公司最新出版書目、購書優惠或企劃活動，歡迎您上網查詢或下載相關資料：http:// www.showwe.com.tw

您購買的書名：______________________________

出生日期：________年________月________日

學歷：□高中（含）以下　□大專　□研究所（含）以上

職業：□製造業　□金融業　□資訊業　□軍警　□傳播業　□自由業

□服務業　□公務員　□教職　□學生　□家管　□其它_____

購書地點：□網路書店　□實體書店　□書展　□郵購　□贈閱　□其他

您從何得知本書的消息？

□網路書店　□實體書店　□網路搜尋　□電子報　□書訊　□雜誌

□傳播媒體　□親友推薦　□網站推薦　□部落格　□其他__________

您對本書的評價：（請填代號　1.非常滿意　2.滿意　3.尚可　4.再改進）

封面設計____　版面編排____　內容____　文／譯筆____　價格____

讀完書後您覺得：

□很有收穫　□有收穫　□收穫不多　□沒收穫

對我們的建議：______________________________

____

____

____

請貼
郵票

11466
台北市內湖區瑞光路 76 巷 65 號 1 樓
秀威資訊科技股份有限公司 收
BOD 數位出版事業部

....

（請沿線對折寄回，謝謝！）

姓　　名：____________________　年齡：________　性別：□女　□男

郵遞區號：□□□□□

地　　址：____

聯絡電話：(日) ______________________ (夜) ______________________

E-mail：____